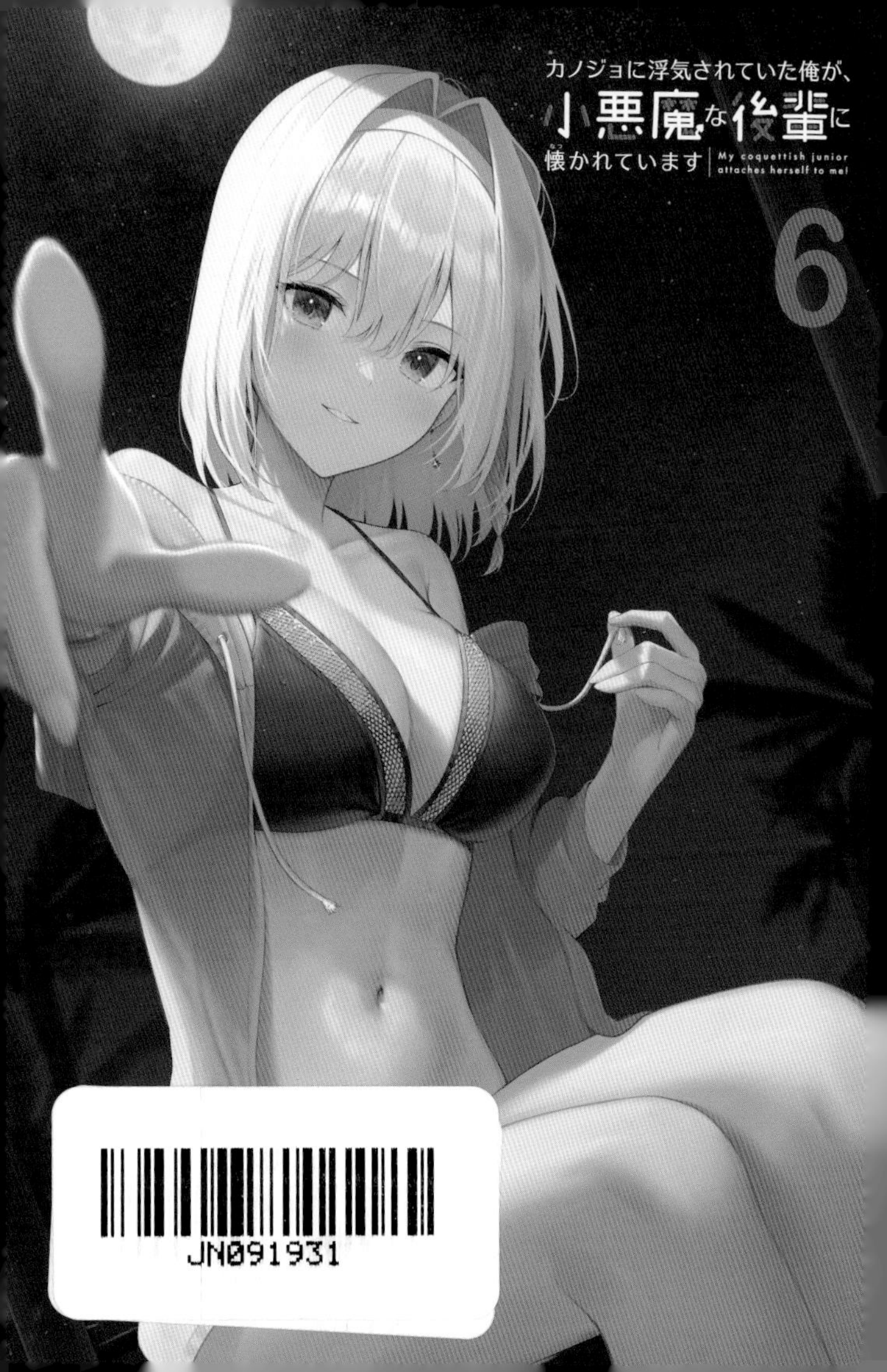
カノジョに浮気されていた俺が、
小悪魔な後輩に
懐《なつ》かれています
My coquettish junior attaches herself to me!
6

「ふふ。悠太くんは
この服好きだと思ってた」
相《あい》坂《さか》礼《れい》奈《な》
Situation 1
元カノと、女子大デート。

羽《は》瀬《せ》川《がわ》悠《ゆう》太《た》
「あ……合わせて着てきたのか？」

「うん。今日の予定に合わせた。ドキドキしてほしくて」

「そ……そうか」

あまりにも直接的な言葉にしどろもどろになっていると、礼奈は俺に身体を寄せた。鎖骨に礼奈の頭部がこつんと当たる。

「ね。今からどこか行く？」

Situation 2
サークルで夏旅行!
美《み》濃《の》彩《あや》華《か》
月見里《やまなし》那《な》月《つき》

藤堂真斗
（とうどうまさと）

志乃原真由
（しのはらまゆ）

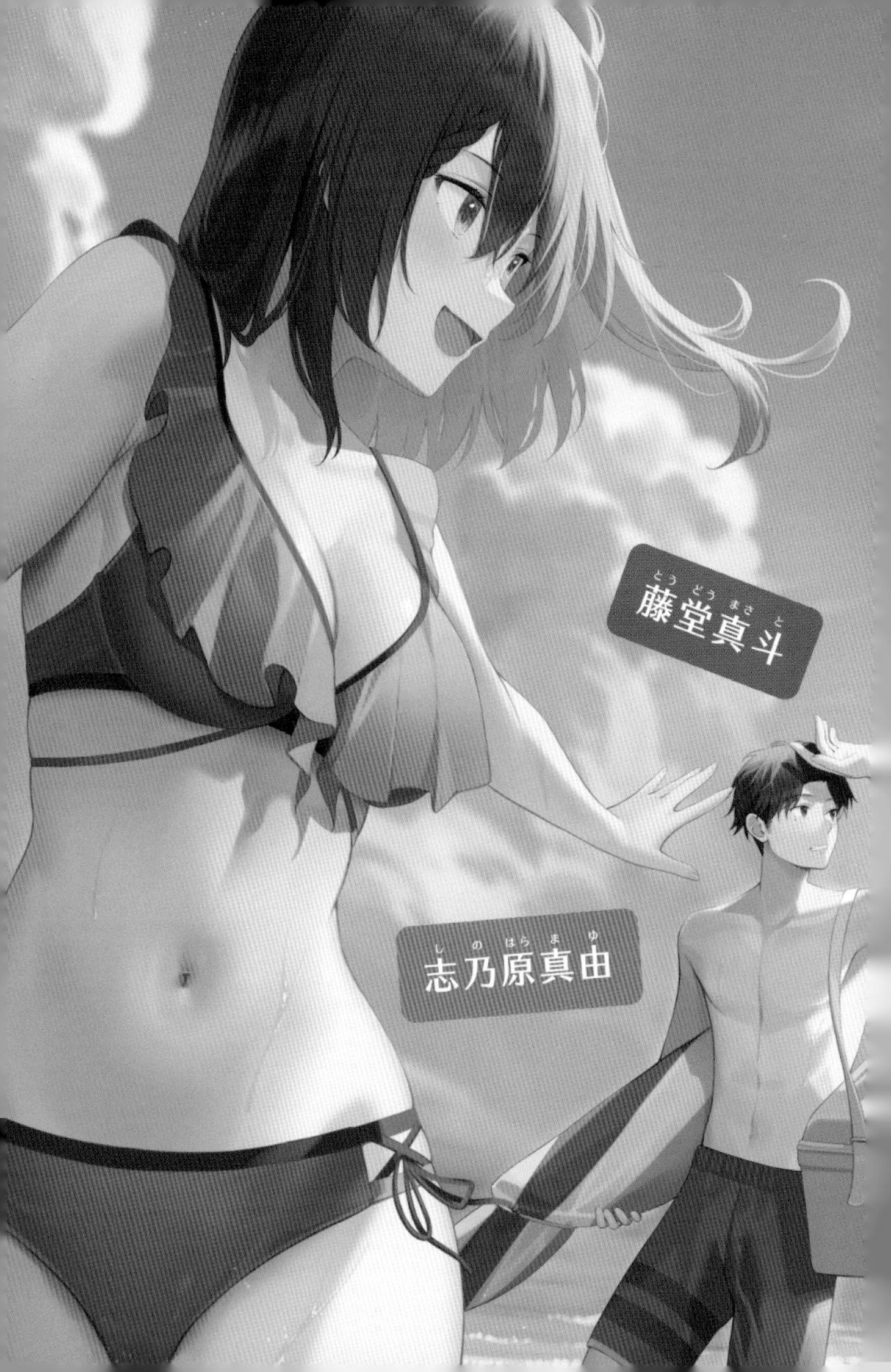

Situation 3
ひと夏の、衝動。
「分かるでしょ?」

囁くような声を出し、礼奈は耳元へ吐息を漏らした。

片手が脇に移動する。抜け出そうとまた肘に力を入れたら、すぐに封じられる。

腰の横に当てられた太ももが、礼奈の体温を伝えてくる。

熱かった。

シーツに、徐々に熱が帯びていく。

「呼び出したのはね」

体調不良でもない。皆んなに馴染めなかった訳でもない。

そんな中で、那月や佳代子と離れてホテルに留まる理由。もはや明白になった目的が言葉となって紡がれた。

Short Story

# 旅行するならどこに行きたいか質問してみた

## ♥彩華の場合……

「旅行するならどこに行きたい？」

「温泉。身体の疲れを取りたいわね」

「疲れてんのか？」

「うん、最近肩凝りがね」

「……肩凝り」

「どこ見てんのよ」

## ♥礼奈の場合……

「旅行するならどこに行きたい？」

「うーん。悠太くんとなら、どこでも楽しめちゃいそう」

「その答えはズルい！」

「えー。じゃあ……海と山？　あとテーマパークとか」

「結構欲張りだな……」

「言わなきゃ良かった……私としたことが……」

「そこまで落ち込まれると傷付くんだけど!?」

## ♥真由の場合……

「旅行するならどこに行きたい？」

「海ですね！　日差しは女子の天敵ですが、海の魅力には抗えません！」

「夏ならやっぱり海だよな。夏以外はあんまり行かないけど」

「どの季節でも楽しい場所、ありますよ？　教えてあげましょうか！」

「なにそれ気になる」

「ふっふっふ。じゃーん！　先輩の家です！」

「俺にとってはただの住処なんだけど」

# カノジョに浮気されていた俺が、小悪魔な後輩に懐かれています6

御宮ゆう

角川スニーカー文庫

23167

My coquettish junior
attaches herself to me!


design work:中村晋弥（LUCK'A Inc.）　illustration:えーる

# プロローグ

スマホの液晶が控えめな光を放っている。

炎天下にもかかわらず、身体《からだ》は嫌に冷えていた。

スクロールした指を止めて一つの投稿を見つめ続けた私は、やがて深い息を吐く。

――時間がない。

自分でも厳しい戦いに身を投じているのは分かっている。

元カノが復縁について考えたって、多くの場合はどうにもならない。

ネットで似たような境遇の人たちが集まりそうな記事に辿《たど》り着いても、心の波が多少落ち着くだけ。

あの人との距離を縮めてくれる訳じゃない。

周りは言う。

元カレに拘《こだわ》るのはやめておいた方がいい。

周りは言う。

次の人がすぐに現れるよ。
周りは言う。
苦しくなるから他の人に。
それらの発言に総じて想《おも》う。
そんなの全部、私が決める。
私はまだ諦めていない。
諦めていないからこそ、私の胸中には常に小さな焦燥感が渦巻いている。
今は、その渦が徐々に大きくなるのが分かる。
ポケットに入れたスマホに意識を落とす。
脳裏に過《よぎ》るのは今しがた見た写真。
きっと二人の距離は私の知らないところで――
そう思ったけど、疑念が残った。
本当にそうだろうかと。
片方の私行、張り詰めた糸からはみ出たほつれ。
だとしたら、この懸念は杞憂《きゆう》に終わる。
でももう、関係ない。
背中を押してくれる起爆剤になり得るだけで、私にとっては充分だった。

進む理由を欲していた。一度停滞した関係から抜け出すのは難しいと知っていたから。

退路を絶つ理由を欲していた。自分が停滞を是とする価値観を持つのを自覚していたから。

だから私は一つ誓う。

――変える。

きっともう、この機会でしか果たせない。

夢は、もういい。

# 第1話　夏が始まる

蟬《せみ》が鳴き始めた。

梅雨が明けて暫《しばら》く経《た》ち、外は茹《う》だるような暑さに包まれている。

気温はあっという間に三十度を突破して、冷房が無ければ自宅で寛《くつろ》ぐことさえできない。

せめてこのあたりの気温で留《とど》まってくれたら嬉《うれ》しいのだが、八月になれば更に暑くなるのが必至だから余計に憂鬱だ。

ランドセルを背負っていた頃は夏が大好きだった。

夏は海やプールを始め、祭り、花火、バーベキューなど最もイベントに溢《あふ》れる季節といっても過言ではない。噴き出す汗も何のその、友達と外を駆け回っていた。

そんな季節を憂鬱に感じ始めたのは一体いつ頃だっただろう。

部活の激しい運動で、練習メニューの辛《つら》さを倍に感じてからだろうか。

登下校の際、肌に張り付く制服を鬱陶しく感じてからだろうか。

大学三年生になった今では、すっかりデメリットを感じる回数の方が多くなっている。

温暖化で夏の気温が引き上げられているのも関係しているかもしれないが、最も大きな要因としては俺自身の気力の低下かもしれない。

最近は『start』の活動で体力も向上し、気力もいくらか戻っているものの、再度夏を好むのは難しそうだ。

周囲の夏を好んでいる人間に潑剌《はつらつ》とした性格の持ち主が多いことを鑑みるに、俺が好まないのは道理だ。

潑溂とした性格の持ち主。

例えば後ろに座っている――

「ぁぁあぁっっづいです!!」

……そうでもないらしい。

扇風機の前から離れない後輩が堪《たま》りかねたように声を上げたのを聞いて、俺は思い直した。

振り向いて確認すると、人工の風により榛《はしばみ》色の髪が後ろにバサバサと靡《なび》いている。

志乃原《しのはら》が大きく口を開けて扇風機から生み出される風を受け止めていた。

俺は先程まで冷やし中華が入っていた皿を洗いながら、「エアコンの温度一度下げていいぞ」と言葉を返す。

志乃原はそれを聞くや否やリモコンに飛び付き、ピッピッと操作した。

しかし俺は機械音が二回鳴ったのを聞き逃さなかった。

「今二度下げただろ！　一度上げ直せ！」

「えー！　なんで！　やー！」

志乃原はその場で手足をジタバタと暴れさせる。

埃《ほこり》一つ舞わない絨毯《じゅうたん》に仰向《あおむ》けになると、恨めしげに俺を見上げてきた。

夏の志乃原は外に出るといつも通りエネルギッシュだが、家ではいつも以上に落ち着きがない。

外で遊んだ帰りに立ち寄る際は落ち着いているので、今の志乃原は差し詰め散歩前の犬といったところか。

夏が好きだから落ち着かないのではなく、ただ暑さから逃れたいがためにドタバタする暴れ犬だ。

「暑いのが嫌なら動くなっての」

「却下です！　このエアコンが悪いんですよ、絶対効きが悪いですもん。二十八度以下にしちゃいけない節約ルールは、ちゃんと機能するエアコンに適用されるべきです！」

「ダメったらダメ」

「エアコン代なら払いますからー！」

「そういう問題じゃねーよ」

七月から室内をキンキンに冷やしていては、八月になった頃には夏バテでますます辛くなる。それは自堕落な生活を送っていた俺の経験則だ。

今年こそは夏バテを回避しようと、今月までは二十八度以下にしないと自分の中で決めている。

だがエアコンの効きが悪くなり始めているのも事実で、俺は非常に揺れていた。

キッチン前で濡《ぬ》れた皿をタオルで拭いていると、志乃原の懇願するような目線を感じ取る。

「今日の分のエアコン代――」

「あーもう仕方ねえな」

「あれ、今のでオッケーなんですか？」

俺は無言で蛇口を閉めて、掌《てのひら》をプラプラとさせて水滴を落とす。

すると志乃原が隣にニュッと現れて、タオルを手渡ししてくれた。

「さんきゅ」

「はい、どういたしまして。じゃあ先輩、電気代の百円は後でテーブルに置いておきますね！」

……それを改めて言われると、些《いささ》か器が小さいように思えてならない。

『年下に電気代を要求する男』なんて字面が最悪だ。

百円のために男を下げるのは不本意だと、俺は咳払《せきばら》いをした。

「こほん。真由《まゆ》、電気代はいらない。好きに下げろ」

「何でちょっとドヤ顔してるんですか。……あ、今もしかしてかっこいいこと言ったって思いました？」

志乃原は面白そうにニマニマと口角を上げている。

あっさり見破られて居心地が悪くなった俺は、無造作にベッドへ飛び込んで、目覚まし時計をセットした。

現時刻は十四時付近。食後の昼寝にぴったりな時間だ。

枕を引き寄せようとすると、あっさり志乃原に取り上げられた。

「フテ寝するから返して」

「ごめんなさい先輩。優しくするので寝ないでください」

志乃原はベッドの傍《そば》にトランプをばら撒《ま》いて、口元に弧を描く。

「いざ尋常に、神経衰弱勝負です。ほら先輩！」

「おやすみ～」

「寝ちゃやだー！」

寝返りをうつと、背中から抗議の声が追い掛けてくる。

だが本当に眠ろうとすれば、なんだかんだそっとしておいてくれることを俺は知っている。

瞼《まぶた》を固く閉じて、羊を一匹二匹と数え出す。

昨日は夜更かしで電話していたから、眠いのは本当だった。

「先輩、彩華《あやか》さんから電話！」

「嘘《うそ》つけ。俺を起こそうったって——」

「じゃあ代わりに出ますね」

「待て待て待て！」

俺は急いで上体を起こす。

志乃原の手にある俺のスマホには、本当に着信を知らせる画面が表示されている。

万が一を考慮して正解だった。

俺がベッドから降りて電話に出ると、僅かに弾んだ声が鼓膜を揺らした。

『はろー。あんた今どこ？』

「家」

『分かった、じゃあ後で大学でね』

「文脈おかしくない？　おい待て切るな！」

ここで切られては一方的な約束が成立してしまいかねないので、慌てて引き留める。

彩華は計算が狂ったというように小さな声で「ちっ」と悔しがった。

「何の用だよ。俺大学に予定ないんだけど」

それもそのはずで、今日は土曜日。講義の入っていない学生が大多数だ。

むしろ何故《なぜ》、彩華は大学にいるのだろうか。

その疑問はすぐに解けた。

『今日は〝Green〟の打ち合わせがあるの。ちょっと始まるまで手持ち無沙汰だから、付き合いなさいよ』

「なんだその女王っぷり。そんな理由で——」

『うんうん、断らないってことは予定も大丈夫そうね』

「まあバイトも入ってないけど。いやでもなあ」

チラリと視線を横に流すと、志乃原が腕組みしながらこちらを凝視している。

この状況で誘いを受けるのはとんでもないメンタルの持ち主だろう。

『志乃原さんも連れて来ていいからね』

「えっ」

俺が驚きの声を上げると、志乃原が割り込んでこようとしたので掌で阻止する。

通話の設定をミュートにしてからベランダへ逃走し、「悪い」と謝罪した。

『全然。じゃ、今度こそまた後でってことでいい？』

「……分かったよ。準備あるから一時間くらい掛かるけどいいか？」

『四十分で来てくれたら、何でも奢《おご》ってあげるわ』

「待ってろよすぐ行くから！」

俺はそう言って電話を切った。

……こうしてはいられない。

室内へ戻ると洗面所へ直行し、少量のワックスを手に取り、湿らせた髪に馴染《なじ》ませる。汗ばんでも髪が崩れてしまわないようにスプレーをかけると、後ろから「うびゃっっ」と声がした。

噴射したスプレーが僅かに髪にかかってしまったようだが、志乃原は全く気にする様子もなく口を開いた。

「先輩っ私も行きたい！」

「それより大丈夫か？　今ちょっとかからなかった？」

「全然大丈夫ですよ、側頭部にしかついてないので。ちょっといじってあげると……」

志乃原はそう言って、指で器用に髪の流れを作っていく。するとほんの数秒後にはアシメ風の髪型に様変わりして、夏らしい涼しげな雰囲気が増した。

露《あら》わになった耳には小さなイヤリングが一つ付けられていて、ピンクゴールドの輝きがキラリと光る。

「ほら、いい感じ！」

「すげーな、さすがサロンモデル」

「えへへー。髪整えてるのは美容師さんで、サロンモデルは殆《ほとん》ど何もしてないですけどね」

そうは言っても、俺が日頃見ていない髪型を瞬時に作れるのは、美容院で様々なセットをされてきたからに違いない。

それも一種の強みだろうなと思いながら、俺はひとまず自分の髪を整えることへ意識を注ぐ。

大学生になると周りの殆どがワックスを使用するようになっているが、俺は使い方が下手なのかあまり髪型を変えられない。

未使用の状態との差異は、ほんの少しジェルの光沢が視認できるかどうかだろう。

「まあこれでいいか」

髪型に関しては大した拘《こだわ》りもないので、掌に付着したワックスを洗い流す。

「よくないですよ」

志乃原は少し呆《あき》れたように言ってから、収納されたワックスを再び取り出した。

そして水道水で濡らした掌に十円玉ほどの量のワックスを付着させてから、俺に向き直る。

「先輩、屈《かが》んでください」

「えー」

「早く早く」

渋々従うと、志乃原は俺の髪全体にワックスを丁寧に馴染ませていく。

「そこまでは俺もできるぞ」

「ここからですから。あと先輩、結構髪が軟らかいのでこれからジェル系のワックスはオススメしません。次からは無難にクリーム系にした方がいいですね」

「あれ？　志乃原がしっかりしてるように見える」

「私は元々しっかりしてるんです！」

憤慨したように反論した後輩は、気を取り直して指先で毛先を捻《ねじ》り始める。

途中で「やっぱり乗りが悪いっ」とスプレーを直接掌に噴射して、また同じ動作を反復する。するとみるみる髪に動きが現れて、軽くパーマをあてたような髪型になった。

「おおおっすげえ！」

「クリーム系のワックスがあればもっとナチュラル風に仕上げられたんですけどね。すぐ覚えられるので、今の動作忘れないでくださいよ！」

「任せてくれ！　あれもう忘れた」

「じゃあもう一回やり直すので髪の毛洗ってきてください」

「嘘嘘、覚えた覚えた！」

ニッコリ笑顔の志乃原から逃げるために、俺は慌てて洗面所から脱出した。

志乃原は洗面所へ行ったついでに鏡で自身を確認しているのか、出てくる気配はない。

丁度良いタイミングだ。

俺が外出用の服装に着替えようとしていると、志乃原が洗面所から再び呼びかけてきた。

「先輩ー、ついて行ってもいいですか？」

「おー。暫《しばら》く一階ロビーで待っててくれるならいいぞ」

「おっけーです！　やったー！」

志乃原は喜びながら洗面所から出てくる。

ちょうどズボンを脱いだところだった俺と、真っ向から対峙《たいじ》した。

「…………もうコレわざとですよね？　絶対わざとですよね？」

「そこにあるズボン取って」

「ちょっとは動揺してくださいよ!!」

勢いよくズボンが飛んできた。

エアコンの止まった室内でも暑さを忘れられる時がある。

我が家は夏も賑《にぎ》やかだ。

◇

◆

彩華から指定された場所は、大学構内の端に立つ五号館。

この校舎の二階にはコンビニがあり、彩華がいるのは恐らくその近くだろう。

温泉旅行のプランを決める際に立ち寄ったのもこの校舎だった。

最上階には生協の窓口があり、旅行に行く際に此処《ここ》を利用する学生は多い。サークルなどで役職についている学生なら尚更《なおさら》だ。

彩華からこの校舎に呼び出された時点で、『Green』関連で何の話をされるのか察しがついている。

『コンビニ近くのソファに座ってるわ』

先程届いていた彩華からのラインを確認して、辺りに視線を巡らせる。

コンビニ付近には土曜日にもかかわらずかなりの数の学生が居座っていた。

ソファやベンチがそこかしこに設置されているため、気軽に休憩ができるのがこの五号館。

数メートル先、一人用のソファに彩華が深々と座っているのが視界に入った。

近付いて後ろから背中を人差し指でつつくと、彩華はピクリと反応してこちらを見上げた。

「ぴったり四十分。早かったわね」

「急に呼び出しといてお礼もなしかい？」

「お礼に何でも奢ってあげる」

「ありがとうございますっ！」

瞬時に立場が逆転したが、この先に唐揚げ棒が待っているから問題ない。

俺は彩華をコンビニへと促して店内に移動すると、レジ前のフライヤーメニューの中からいくつか注文していく。

「カフェオレはいらないの？」

「あ、忘れてた」

俺は急いでドリンクの棚に移動しようとするが、彩華がそれを制止した。

「これで払っておいて。私はまた並び直すから」

彩華が差し出したのは学生用の生協カードだ。

大学構内でのみ使用できるカードで、中にはお金がチャージされている。

「いや、さすがに悪い――」

「お礼なんだから遠慮しないの」

そう言って彩華は俺の胸ポケットにカードを差し込むと、列から外れて歩いて行った。

「四百八十円になります〜」

店員さんが俺に呼び掛けて、迷った末に彩華の生協カードを渡す。

何だかとても悪いことをしている気分になったが、彩華本人からの申し出なので問題ない。そう自分に言い聞かせる。

そして俺は唐揚げ棒、フランクフルト、アメリカンドッグが入ったレジ袋をぶら下げて、先に二人用の席へ移動した。

丸テーブルを挟んで1Pソファが対面しており、側方のガラス張りの壁から敷地を見渡せるようになっている。

下手なお店よりお洒落《しゃれ》な場所でフライヤーメニューを食べるのは些《いささ》かチグハグな気もするが、これがキャンパスライフの醍醐味《だいごみ》といえるかもしれない。

土曜日は特に構内も閑散としているため、いつもより居心地が良い。外食と異なり、周りの人間が同じ大学へ通う学生というのもその気持ちを増幅させている。

「いたいた」

俺を見つけた彩華が、同じくレジ袋を引っ提げてこちらに歩いてきた。

袋の中にはカフェオレらしき容器が二つ入っている。

「はい、来てくれてありがと」

「いやこれは、どうもすみません」

「丁寧すぎるわよ」

彩華は苦笑いしてから俺にカフェオレを渡して、正面の1Pソファに腰を下ろした。

身体《からだ》が沈んでいく際、「ふうー」と気が抜けるような声が漏れる。

「疲れてんな。大丈夫か」

「試験も近いし、仕方ないわよ」

「もうそんな時期か……」

俺が深々と息を吐くと、彩華は怪訝《けげん》な顔をした。

「週明けに試験あるの忘れてないわよね？」

「……へ？」

レジ袋を弄《まさぐ》る手が止まった。

試験が始まるのは再来週からではなかったか。今までと違って既に少しずつ試験勉強は進めているものの、科目によっては明後日《あさって》に間に合わせられるほど取り組めていない。

いやしかし、確かに教授の都合で試験日の早まった科目があった気が——

「…………思い出した」

よりによって、不可率が三割を超える科目だ。そして勉強は進んでいない。

しっかり勉強していれば恐らく単位を取得できるが、一夜漬けでどうこうなる科目ではない。

「……終わった。今日は一日遊ぼうぜ」

「ちょっと、何すぐ諦めてるのよ。あんたも毎回ノート取ってたんだし、まだ間に合うと思うけど」

「理解してない部分も沢山あるんだよ。まあダメ元でやるけどさあ」

二年生の時はいつも試験勉強をするタイミングが遅かったので、十科目以上ある試験のうち単位を取得できる見込みの薄そうな一、二科目は捨てていた。

絞った結果、ある程度の単位を確保できて平均より少し上の単位数に落ち着いている。

だが講義を毎度受けに行くようになった今期は全ての試験に合格したい気持ちがあった。

よって今日と明日は徹夜確定だ。

「私なりに要点纏《まと》めてあるけど、助けてあげよっか？」

「……いや、一人で頑張る。単位は全部取りたいんだけどな」

「そう？　フル単目指すなら、効率良く勉強した方がいいと思うけど」

そこは彩華の言う通りだ。

だが俺は一度自分の力だけでフル単を目指してみたかった。

彩華のお陰で二年生までを乗り切れたこともあり、たとえ今期躓《つまず》いても就活に支障が出るほどの単位取得状況ではない。

社会へ出る準備として、まずは彩華に頼りきりの現状から抜け出す必要がある。

——私に頼って、後悔してる？

梅雨時の言葉を思い返す。

もうあんな言葉を言わせないために、俺自身がしっかりしないといけない。

「ひとまず、この前期だけは一人で乗り切らせてくれ。後がなくなったら頼む」

「へえ、なんかちょっと意外」

彩華は口角を上げて、カフェオレの容器にストローを挿した。

俺もレジ袋からアメリカンドッグを取り出して、一気にかぶりつく。最近はケチャップやマスタードを付けずに食べることにハマっている。

「ていうか、どんだけ食べるのよ」

彩華はレジ袋に入った数々の品に視線を落として、呆《あき》れたように言った。

「お、欲しい？」

「唐揚げ一個だけ食べたいかも」

「じゃあ先に食べてて。あ、これもいるか？」

俺は食べかけのアメリカンドッグを差し出す。

彩華は迷った様子を見せた後、「……いる」と呟《つぶや》いた。

「ほれ」

「へっ」

彩華は俺が差し出したアメリカンドッグをまじまじと凝視して、顔に戸惑いの色を浮かべる。

いつもなら遠慮なく手に取って食べそうなものだが、何を逡巡《しゅんじゅん》しているのだろうか。

すると彩華は目線を一度横に逸《そ》らして、意を決したように口を開けた。

俺が反応するより早く、アメリカンドッグが彩華の口に含まれる。

かなりの体積が食べられたアメリカンドッグを暫く眺めて、俺は目を瞬かせた。

「……俺そんなつもりじゃなかったんだけど」

「……えっ？」

彩華は咀嚼《そしゃく》しながら、耳を疑うというように訊《き》き直した。

俺は「あくまで差し出しただけのつもりだった」と言おうかと思ったが、何だか怒られそうな気がしたので話題を変えようと脳みそを回転させる。

しかし彩華が訊き返したのはあくまで耳を疑ったからであり、聞こえなかったからではない。

彩華が俺の意図を正しく理解するのと、咀嚼したアメリカンドッグを飲み込むのは恐らく同時だった。

「ハ……ハメたわね！　あんた、私を恥ずかしめようとしたわね！」

「はあ!?　何でそうなるんだよ、んなわけねーだろ！」

「じゃないと今の行動に説明つかない！　絶対企《たくら》んだ！」

「ぼ、暴論だ！」

どちらかというと彩華にあーんしてもらうのに憧れる男子はいても、自分がするのに憧れる比率は――意外と高いかもしれない。

　いやしかし、それをできる男子は皆無といっていいだろう。そうした背景を鑑みるに、もしかしたら俺は結構貴重な体験をしたのではないだろうか。

「美味《おい》しかったか？」

「美味しかったわよごちそうさま。……いやそうじゃなくて」

「ほれ、もう一口いっとくか」

　彩華はテーブル越しに上体を乗り出して、俺の頬《ほお》を両手で摘《つま》み引っ張った。

「まずは謝りなさいよこの口は～！」

「ふがぁぁぁ」

　強制的に開放された口から情けない声が出る。

　何も口に含んでなくてよかった。もし咀嚼中だったら――と考えそうになったがすぐに放棄した。食事中に考えることではない。

「フンッ」

　彩華が腰を下ろすと、俺はヒリヒリと痛む頬を撫《な》でた。

　以前の彼女ならギリギリ痛くない範囲に留《とど》めてくれていたのだが、最近は余裕で痛い。

　これ以上機嫌を損ねては危険だと判断して、今度こそ話題を転換させる。

「最近暑いよなー」

「話題の逸らし方下手すぎない？　……まぁもう許してあげるわ」

あっさりと俺の思惑を見破って、彩華は疲労したように息を吐いた。

「で、志乃原さんはどこにいるの？　一緒に来たんじゃないの」

彩華の口から志乃原の名前が出てきたことに、少し感慨深い気持ちになった。

——二週間前の体育館で、彩華と志乃原は和解した。

どんな内容を話してその帰結に至ったかを正確に把握している訳ではないものの、嬉《うれ》しいことには変わりない。

思い返せばクリスマスの合コンから半年以上が経《た》った。

長いようで短い月日は、二人の間にある蟠《わだかま》りを溶かしてくれた。

そこに僅かながらでも自分の存在が良い影響を及ぼせていたのなら——なんて傲慢にも捉えられかねない思考を抑えながら、俺は答えた。

「志乃原は下で待たせてる」

「え、この炎天下の中で？」

「いや、一階のロビー。今はソファで寛《くつろ》いでると思うぜ」

この五号館は校舎全体に冷房が行き届いており、快適に過ごせるようになっている。

志乃原は五号館に着いた際、ソファ付近に置いてあったファッション誌に興味を惹《ひ》かれたらしく「予定終わったらラインしてください！」と言って離脱した。

今頃ファッション誌に目を通している最中だろう。

「そう。じゃあそれ食べ終わったら、さっさと三階の会議室に行きましょ。そこで樹《たつき》さんが待ってるから」

「おっけー。……てか、ちょっと腹一杯になってきた。フランクフルトいる？」

「太るからいらない」

「……さっきの根に持ってる？」

「持ってない」

数秒間見つめ合い、再度口を開いたのは俺だった。

「持って――」

「持ってない」

ニッコリ笑顔が、暗にこれ以上追及するなと言っていた。

# 第２話　サークル旅行

大学には会議室と呼称される部屋が数多く配置されている。誰でも自由に入室できる部屋から、暗証番号などのセキュリティに守られている大部屋など様々だ。

彩華《あやか》に連れられて通路を進んでいたが、あまり覚えのない場所に辿《たど》り着いた。

俺がたまに利用する一室よりも扉が重厚で、ドアノブ上部にはデジタルロックが搭載されていることから、大学の許諾を得ないと利用できないスペースだろう。

『start』でも利用したためしがなかったので、彩華が滑らかに番号を入力していく姿が格好良く感じた。

ピッと機械音が小さく鳴って、解錠された扉が開かれる。

二十人程度が入るであろう広々とした室内には、男女数名。いずれも『Green』の飲み会で喋《しゃべ》った人たちで、俺はひとまず安堵《あんど》する。

面識のない人たちだけならどうしようかと思っていたが、彩華もその辺りは気を遣ってくれたのかもしれない。

「あ、来た来た！」

朗らかな声で迎えてくれたのは、代表の樹《たつき》さんだ。

最近ではすっかり副代表彩華の友達として認識されており、本来なら入会するまでに落選する可能性すらあるサークルの飲み会にもフリーパス状態で迎え入れてくれている。

俺は髪型をツイストパーマに変えた樹さんに、ペコリと頭を下げた。

「お疲れ様です。いつもお世話になってます」

「え、固すぎ。彩ちゃんに何か吹き込まれた？」

「樹さんが最近機嫌悪いから、礼儀はしっかりしとけって言われました」

「い、言ってないわよ！　唐突に嘘《うそ》吐《つ》くのやめなさい！」

慌てたように彩華が背中をバシンと叩《たた》く。

樹さんは面白そうに声を上げて笑ってくれて、他のサークル員たちも和やかな表情を浮かべる。

「ユータ君、後その他。今日呼んだのは他でもない、サークル合同の企画に関してだ」

その他と呼ばれた男女が抗議の声を上げるが、ノリであると分かっているのか皆《み》んな笑顔だ。

隣の彩華もクスクス笑っていて、相変わらず仲睦《むつ》まじいことが伝わってくる。

「サークル合同って、『start』とってことですか？」

「そうそう。君らも今年は海っていうのを彩ちゃんから聞いたから、丁度良いと思ってさ」

――そういうことか。

先程呼び出された理由を推察していたが、どうやら外れたようだ。てっきり『Green』の旅行に誘われるのかと思っていた。

となると、この場において俺は些《いささ》か力不足だ。

何せこの身はサークル代表どころか、副代表ですらない。彩華の友達というだけでは話の進めようがない。

そんな俺の思考を見抜いたのか、隣で彩華が「もう来るわよ」と呟いた。

瞬間、扉がガタガタと揺れた。

「やべっ」

樹さんが忙《せわ》しなく入り口に駆けていって、オートロックされた扉を開ける。

そこに立っていたのは我らが『start』代表の藤堂《とうどう》だった。

今日は前髪をヘアピンで上に留めており、顔が整っていなければ外出も許されないような髪型をしている。

だがこれが似合ってしまえば一層目を惹きつける存在へと様変わりだ。

女子のサークル員が「わあ」と声を漏らしたのを耳にして、俺は誇らしくなると同時に、何だか嘆息したくなった。

藤堂は樹さんに「暗証番号訊くの忘れてました」と爽やかな笑顔で会釈して室内に入ってくる。

そして俺を視認すると、軽く手を挙げた。

「おー、悠じゃん。なんでいるんだここに」

「こっちのセリフだっつーの」

言葉を返すと、樹さんが「藤堂君は俺が呼んだんだ」と教えてくれた。

ひとまずサークル単位の話を俺一人で背負わずに済んでホッとする。

こういう時は藤堂がいてくれる方が断然心強い。持つべきはハイスペックの友である。

しかし藤堂はすぐに裏切りの言葉を吐いた。

「そういえば、うちの副代表が欠席なので代わりに悠をって話でしたね」

「え？　もしかして今日呼ばれたのそういうこと？　なあ彩華」

「樹さん、始めてください」

「ハメやがったな！」

樹さんは面白そうに笑ってから、パンと両手を合わせた。

「今日集まったのは、夏休みに予定されてるうちと『start』の合同旅行の件について。まず場所から絞ろうと思ってるんだけど」

樹さんが声を張ると、全員の意識が彼に注がれるのが分かった。規模の大きなサークルを纏《まと》めているだけあって、場を仕切るのに必要な声量はどの程度のものかしっかり把握しているようだ。

日頃彩華や藤堂からも感じるように、大人数を纏める人からは何らかのオーラが漂っているように思える。

社会に出たらこうした人たちがわんさか溢《あふ》れていると思うと少々自信を失ってくるが、残り二年弱の学生生活で俺も何かを掴《つか》みたい。

そんな向上心が芽生えていることを自覚して、内心驚いた。

……一体誰の影響だろうか。

俺も人との繋《つな》がりによってプラスの影響を受けている。彩華のように幅広い人付き合いを持つ意義が、少しだけ解《わか》った気がした。

「うちのメンバーは知っての通り、スケジュールが変更になった関係で今年の夏旅行の参加人数がどうにも想定に達しそうにない。一定以上集めた方が、大きい団体割が適用されるのは言うまでもないことなんだけど」

樹さんがホワイトボードに『海旅行200→80』と書いた。

八十人が旅行に参加予定という意味だろうか。

随分大所帯だなという感想を抱いたが、樹さんの発言から鑑みるにこれでも例年より少ないらしい。

『start』の旅行では毎年三十人ほどの参加なので、少なくなったといってもさすがはアウトドアサークルといったところだ。

「そこで、バスケサークル『start』代表の藤堂君に掛け合って、一緒の旅行に参加してもらうことになった！」

「へ⁉」

思わず素っ頓狂な声を上げてしまった。

こちらへ振り向いた藤堂は「まあ話は最後まで聞けって」と促してくる。

彩華が肘で俺の脇腹をつついて、同様のことを言いたげな視線を俺に投げた。

「おう、良いリアクションありがとう」

樹さんは話を遮られたのを全く気にした様子もなく、軽快に笑う。

「ここにいる『Green』のメンツは知ってると思うけど、普段うちの旅費が安いのは百人以上の超団体割引ってのが適用されてたからなんだ。それが今夏は八十人」

二十人足りない。

その不足分を補うために、『start』を呼ぶということか。

「今ユータ君が察しがついた、みたいな顔してるけど多分正解。そ、彩ちゃんの仲介で藤堂君と会って俺が頼んだんだ。うちの旅行に形式上ついてきてくれないかって」

樹さんはサークル員たちと俺に向かって話しかけている。

これらのことを事前に把握していたのは、彩華と藤堂だけらしい。誰も不満そうな表情を浮かべていないのが意外だった。

「勿論《もちろん》旅行中の行動は全然別でいい。ただ、移動のバスと泊まるホテルだけ一緒だ。なるべく相部屋にならないように調整するって条件で、藤堂君に一旦の同意を貰《もら》った」

俺は藤堂の方へ目をやった。

『start』のメンバーにそれらに反対する人がいた場合はどうするのだろうか。

俺の視線に気付いた藤堂は口元を緩めた。

「当たり前だけど、反対意見があったらこの案はなし。樹さんも〝一旦は〟って言ってたろ。まあこの提案受けたら、俺らにも利益があるんだよ」

「利益って？」

よくよく考えてみると、樹さん側にしか益のない話であれば藤堂も提案を受けようとはしないだろう。『start』にも恩恵があると判断したから、藤堂は今日此処《ここ》にいる——そう考える方が自然だ。

俺の思考を肯定するように、藤堂は口角を上げた。

「超団体割引が適用されるから、俺らも一泊分の宿泊費が浮く」

藤堂の返事に、俺は瞠目《どうもく》した。

——それはデカい。いや、でも。

「皆んなに意見訊《き》いてみてくれるか？　俺からでもいいんだけど、できれば平《ひら》の悠からの方が強制力なくて良いと思うんだよな」

「そうだなぁ……」

いずれにせよ、お金が絡むなら皆んな喜んで了承するに違いない。

旅行バスやホテルに面識のない人がいるといっても同じ大学だし、『start』のメンバーで固まっていれば然程《さほど》気にならないだろう。『Green』と相部屋になる可能性があるのも一、二部屋だろうし、それで全員の宿泊費が一泊分浮くなら反対意見は出ないはずだ。

そして今日、ここまで場が整っている。

……覆すのは無理だな。

俺は気持ちを切り替えて、口角を上げた。

「分かったよ、伝えとく」

「さすが、話が早くて助かる。最悪相部屋が生まれたら、俺が樹さんと二人で泊まるからさ。悠は根回しよろしく」

藤堂は俺の肩をポンと叩いた後、樹さんの方へ目をやった。

樹さんも藤堂と同じく「皆んなにそれとなーく意見訊いといて、できれば誘導しておいて」と他のサークル員に依頼をしていた。

いきなりこの話を大々的に出されるより、前々から噂《うわさ》のあった事柄の方が受け入れられやすいと考えているのだろう。

サークルを円滑に回していくのには、人望よりもこうした細かな配慮が必要なのかもしれない。

以前『start』を仕切っていた代表だったら、ラインで「そういうことだから、参加よろしく！」と済ましていたに違いない。

「それでも反対意見が出たらどうする？　強行突破？」

宿泊費が掛かっていることもあってそんな質問をすると、藤堂は肩を竦《すく》めた。

「突破しねえよ。言ったろ、提案は無かったことになるって」

「良い代表だ……」

「なんで残念そうなんだよ。悠、金が絡むとあからさまにキャラ変わるな」

「そ、そういう訳じゃねーよ！」

俺が抗議すると、藤堂はくつくつ笑った。

そんな俺たちの様子を眺めていた彩華が、呆《あき》れたような声色で口を挟んだ。

「こいつ、そっちで迷惑掛けたりしてないかしら」

「彩華さん。そうだな、以前までサークル費滞納しまくってた」

藤堂がこともなげに答えると、彩華は俺をジロリと睨《にら》む。

思わず後退《あとずさ》りしてしまうほどの迫力だ。

「やっぱり……もしまだ回収できてない分があるなら、私が今立て替えておくけど」

彩華が申し訳なさそうに目を伏せると、藤堂は慌てたようにかぶりを振った。

「いやいや大丈夫、もう纏めて払ってもらったし！　それに悠の気持ちも分かるんだ。サークルに行ってない期間があったら、そりゃ払いたくないよなって」

藤堂の言葉に、俺も赤べこのようにブンブンと頷《うなず》く。

彩華の一睨みで藤堂も俺を庇《かば》う行動にシフトしたようだ。

「なに藤堂君の後ろに隠れてるのよ。いい？　サークルだって無償で回ってる訳じゃないの。例えばあんたのところなら、体育館を貸してもらう費用に加えて、ボールや救急セットとか」

「分かってる分かってる、だからもう纏めて払ったんだって！」

俺は藤堂越しに弁解の言葉を放つ。

彩華が「いいから藤堂君に謝りなさいっ」と俺の首根っこを摑んで、頭を下げさせた。

「すいませんでした……」

「お、おう。やっぱお前彩華さんに頭上がんねえのな」

「それは今俺が頭下げてるのと掛けたのか。お、ちょっと上手《うま》いな！」

「顔上げるのが早い！」

視界に現れた藤堂の顔が、彩華のツッコミによってまた視界から外れた。

同じサークルを纏める運営側としての叱責。

二度とサークル費を滞納しないことを決意していると、樹さんの笑い声が聞こえた。

「あはは、彩ちゃんユータ君に厳しーね」

それに反応して顔を上げたが、今度は彩華に妨げられなかった。彩華はいつも通りの笑みを浮かべて「違いますよー」と否定の言葉を口にする。

そこに以前のような取り繕おうという意図は感じられなかった。

以前の彩華は、俺との関係性を周りに悟らせない為《ため》、今しがたのようなやり取りを見られた際は丁寧に取り繕っていた。

三年生になった辺りからその意識が次第に緩くなってきているのを感じていたが、今日はそれが顕著に思える。

きっと梅雨明けの日が、彩華の心持ちに変化を齎《もたら》したのだろう。これまでの社交性を維持しつつ、自分の交友関係をある程度曝《さら》け出す。

現実という世界を渡っていく上で、これが最も彩華に合う選択なのかもしれない。

かつての俺は、彩華から世渡りの上手さを学ぼうとしていた。しかし今の彼女からは、自身の在りたいと思う姿に適合した振る舞いを見つけるのが良いのだと思わされる。

それを成長と判断するかは人それぞれだが、俺はそう捉えることにした。

起こった出来事をプラスに捉えていく方が、前に進めると思うから。

「さて皆《み》んな。なんか疑問点とかあるかな？　無ければ今日は解散するけど」

「疑問点ですか。特にないでーす」

女子が一人そう言うと、他の人も同意した。

俺もほんの僅か気になることがあったが、ここで訊くのは何だか憚《はばか》られた。解散を遮るほどの質問ではない。

すると彩華が「樹さん、疑問あるみたいですよ」と言い放った。

「おまっ……」

思わず止めようとするが、彩華は構わず続けた。

「運営側の疑問点は、ここでできる限り共有しておくべきよ。でないと皆んなに自信持って説明できないでしょ」

樹さんがうんうんと頷いて、俺に向き直った。

「その通り。きっと『start』のサークル員からも質問受けることになるけど、受ける側が自信持ってた方が皆んな安心できるんだ」

それはその通りだろう。

俺も杜撰《ずさん》な運営で旅行を手配されたら、高いお金を払うのを躊躇《ためら》ってしまう。

「じゃあ、質問いいですか。ホテルへの団体予約って逆に高くなる場合もあると思うんですけど、その辺りの調整は済んでるんですか？　もうかなり日程迫ってますけど……」

出発予定日まではもうあと数週間。お盆などの繁忙期とは重なっていないものの、海が賑《にぎ》わう時期には変わりない。

『start』のように三十人がそれぞれ近場で、十人単位でホテルに泊まる手筈《てはず》ならまだ分かるが、一つのホテルとなると――

「ああ、大丈夫。うち、一応アウトドアサークルだろ。普段は飲み会多いけどさ」

樹さんの返事に、女子の一人がクスリと笑った。

「ホテルの社長がうちのサークルＯＢでさ、毎年良くしていただいてるんだ。今夏も部屋は既に押さえてあるんだけど、人数が二十人も足りなくなってててんやわんやしてた訳」

「な、なるほど」

疑問点がこれでもかというくらいサッパリ解消されて、俺はコクコクと頷いた。

確かにアウトドアサークルのＯＢが社長なら、後輩のために融通してくれてもおかしくない。

俺がお礼を言おうとすると、樹さんが続けた。

「それにね、君たち『start』に声かけたのも偶然じゃないよ。最近バスケサークルの中で一番人が増えてるのは知ってる。藤堂君が代表になってからってのもね」

藤堂が後頭部をカリカリと掻《か》いた。

樹さんの言う通り、このイケメンの手腕は相当なものだ。新歓シーズンには髪色を派手にして目立とうとする上級生が大勢いる状況下で、藤堂はあえて黒髪に染めて一年生に安心感を抱かそうとした。

結果的に『start』の新歓に参加する人数は例年より少なくなったものの、入会する人数は伸びた。

打率でいえば飛躍的な向上といっていい。

更に入会した一年生の層は大人しめな人が多く、定着率も今のところ百パーセント。俺は本当に一切手伝っていないが、友達の功績だと思うと何だか胸を張りたい気分になってくる。

「私、毎年大学が発表してる全サークルの構成人数、ホームページから確認してるの。『start』が一番人数伸びてたわ」

彩華もマメにチェックをしているのだなと感心する。

俺はサークルの情報がホームページで公表されていることすら知らなかった。

そう思っていると、樹さんが再度口を開いた。

「うちは外野から飲みサーだのヤリサーだの揶揄《やゆ》される時もあるけどさ、ホテルだったり居酒屋だったり、施設に迷惑掛けるような人たちは一切出禁にしてるんだ。先方との信頼関係が何よりも大事だし、まあそれ以前に人としてって問題だけど」

樹さんはやれやれとかぶりを振ってみせる。

一瞬、苦い思い出を想起しているような表情を垣間見《かいまみ》た気がした。

「私たちも変なサークルを招き入れたくなかったのよ。ホテルに迷惑かけたら、うちも今後団体での旅行ができなくなるかもしれない。それに、私たち運営側のメンツにかけてそんなサークルにも堕《お》ちたくないしね」

「……そうか」

彩華の言葉で、俺は一つ思い至った。

『Green』はサークルの中でも、入会までにエントリーシートなどの選考を要する珍しい部類だ。

その為顔選考があるという噂《うわさ》も度々耳にしていたが、もしかすると迷惑を掛けそうな人間を最低限取り除いていくためのものだったのかもしれない。

顔選考という噂を広めたのは出禁にされた元サークル員が因縁をつけた可能性すらある。

確かに以前は顔選考の事実もあったのかもしれないが、少なくとも樹さんや彩華が回す現在の『Green』にはそうした意図は存在していないだろうと思った。

「だからあんたのいるサークルに声掛けたのよ。しっかりしてるところだって、私は知ってるから」

彩華が俺を見てから、藤堂に視線を移した。

確かに彩華との日常会話で『start』の話をすることはよくあった。

一年生の時とは違い、今は本当に良い雰囲気だと何度も伝えていた。彩華は俺の言葉を信頼して、樹さんに推薦したのだろう。

その背景を知ると、うちのメンバーにはこの提案を了承してほしいと思ってしまう。

費用削減というメリットもあるのだし、何とかならないだろうか。

「分かりました、ありがとうございます。皆んなに了承してもらえるように、言ってきますね」

俺が親指を立てると、樹さんは白い歯を見せて笑った。

「おうさ！　頼んだよ、ユータ君！」

部屋全体が温かい笑いに包まれる。

……つくづく彩華は良いサークルに入ったな。

——そして、それは俺もだ。

このサークルで最後になるであろう夏の海。

更に二つのサークルの合同旅行だなんて、俺にとっては前代未聞の話。

だが、潮風にさざめく波へ思いを馳《は》せると心が弾むのも確かだ。

炎天下の大海原に、大学生たちが躍り出る。

きっと忘れられない思い出になる。これから大人になった俺は、その記憶を想起しては懐かしむに違いない。

まだ準備段階にもかかわらず、華やぐ心を抑えられそうになかった。

そんな俺の表情から何を思ったのか、彩華は背中を指でツンとついた。

「その前に、まず試験ね」

「……くっ、一瞬忘れてた」

できればこのまま忘れていたかった。

ただ、イベントというのは困難を乗り越えた後の方がより愉《たの》しく感じるものだ。

夏合宿という大学一大イベントから最大限の幸福を享受するために、今だけは試験に専念しよう。

心の中でそう誓っていると、最後に樹さんが気の抜けた声を出した。

「さー、俺はだらだらしますかねー」

思わずズッコケそうになった俺の隣で、彩華が冷たい声色で言った。

「樹さん、また留年したいんですか？　二留した瞬間代表クビにするので、しっかり勉強してくださいね」

「あ、あれー、彩ちゃんがすごく怖いなぁ……あとユータ君も忘れてたであろう事実を掘り起こさないでほしかったナー」

……そういえば、樹さん一度留年してたな。

本当の『Green』のボスが誰なのかを察せられるやり取りに、俺は藤堂と笑い合った。

◇◆

一階ロビーへ繋《つな》がるエレベーターは二つある。

比較的新しいので、最上階からの移動でも十数秒も要さない。

だが俺は彩華からの提案で、あえて階段で移動している。

先程食したフライヤーメニューのカロリーを、少しでも消費したい意図があるのかもしれない。

途中二人でまたコンビニへ寄ったり廊下をぶらついたりして、結局エレベーターで降りるより何十倍もの時間が掛かっていた。

俺の手に下げられたレジ袋にはチョコレートやクッキーが追加されている。コンビニ内を歩くと購入欲をそそられて、つい無駄な買い物をしてしまうこの現象は一体なんだ。

俺はチョコをひとつまみしたい気持ちを抑えて、彩華に声をかけた。

「なあ、俺そろそろ一階に戻るぞ」

「あ、うん」

彩華は廊下のガラス張りの壁からの景色を、落ち着かなそうに眺めていた。

二階西側にあたるこの廊下からは、せいぜい松の木しか視認できない。松ぼっくりでも数えていたのだろうか。

確かに目を凝らせばよく生《な》っているが、根元から眺めた方がより壮観に感じそうだ。

尚更《なおさら》一階へ移動したほうがいいじゃないか。そう思った俺は、彩華に言った。

「自分の気持ちに素直になろうぜ」

もしかすると近くで松の木を眺めたいのにもかかわらず、その思考が恥ずかしくてここに留《とど》まっているのかもしれない。

そんな考えから出た言葉に、彩華は珍しく視線を泳がせる。

「へっ？　いや、その……」

些《いささ》か抽象的だったかなと思い、俺は続けて言った。

「何なら手伝ってやるから」

「い、いらないわよ！　変な気遣わないで！」

ブンブンと首を横に振る彩華に何だか違和感を覚える。

心なしか、彩華の頰《ほお》が赤く染まっている。

「なんでそんな動揺してんだ？」

「し、してないわよ！」

……普通は気持ちに素直になれと言っただけでここまで動揺するだろうか。

顔を背ける彩華にもっと質問したい欲求に駆られたが、一階で待機している後輩の存在を思い出す。

まだ催促の連絡は届いていないが、これ以上此処《ここ》で長居をするのは賢明ではないだろう。

俺は彩華について思案するのを中断して、踵《きびす》を返して階段へ歩を進める。

すると後ろから慌てたような声が追いかけてきた。

「ちょ、待ちなさいって……！」

「お前がそんなに松ぼっくり好きなの知らなかったわ」

雷を怖がることといい、まだまだ知らない一面もあるんだろうな。

そう考えていると、背中から殺気を感じた。

階段を下る途中に感じるそれは、恐怖以外の何物でもない。

「あ、彩華さん……？」

戦々恐々と振り返ると、彩華は自分の足元に視線を落としてわなわなと震えていた。

拳が握られているので、どうやらどこかで逆鱗《げきりん》に触れたらしい。

「殺されたいようね……」

――三十六計逃げるに如《し》かず。

「うわぁぁぁぁぁ〝害悪の告知〟刑法第222条脅迫罪ー!!」

「逃げんなどこで覚えたのよそんな細かい法令を！」

「ドラマに決まってんだろ、てかどんだけ松ぼっくり好きなんだよ梅雨が終わって寂しくなったか!?」

「そんな趣味ないわよすっとこどっこい！」

二段飛ばしで駆け降りながら上に向かって叫んだ俺に、昭和の単語が降り掛かる。

令和のご時世にそれを発する人が、こんなにも身近に存在していただなんて。

そんな余計極まりない思考を頭から放り出すと、すぐに一階に辿《たど》り着いた。

土曜日なので五号館に人通りは殆《ほとん》ど無く、それが彩華の怒りの発散を助長させているようだ。人が視界に入るものならすぐに収まりそうなものだが、階段を降りた先には人っ子一人いやしない。

そう判断した矢先、円柱の陰からニュッと見覚えのある人影が現れた。

ロビーは普段何十人もの学生が行き交うほどだだっ広い。

俺は回り込もうと床を蹴った。

榛《はしばみ》色の髪をアシメ風にしている小悪魔な後輩が、こちらをふと見上げた。

そして俺を目視して、口角をニッと上げる。

もう嫌な予感しかしない。

「せんぱぁぁぁぁぁっと！」

俺の行く先を妨げようと、志乃原《しのはら》が両手を広げて立ち塞がった。まるでバスケのディフエンスだ。

俺は急ブレーキをかけたが、止まりきるのが遅かったようだ。

勢いを殺し切った反動でギュンッと前のめりになった。

ぼふん。

俺の顔がどこかに沈んだ。

「あっ」

艶のある声が耳朶《じだ》に響く。

続いてフローラルな香り。

何より、顔全体を包み込む柔らかくも弾力のある感触。

……不可抗力で年下の母性に包まれるのは、一体これで何度目だろうか。

確か前回は逆ギレすることで難を逃れたが、同じ手は通用しないだろう。

このままでは賠償金で財布の中身がすっからかんになりかねない。

無理やり離れようとするとあらぬところに当たってしまいそうで、俺は瞬時に打開策を思案する。

「せ、先輩……大胆なんだから」

あろうことか、志乃原は頭を撫《な》で始めた。

そこに何らかの感想を抱く寸前、俺は欲求に逆らって仰反《のけぞ》った。

目と鼻の先に、志乃原の瞳が俺の姿を映している。

「もういいんですか？　他に人もいないですし、もうちょっとだけならウェルカムですけど」

「はっいや、ごめんごめんごめん。ブランド物とかは買えないけど、フライヤーのメニューのどれかなら買ってあげる」

咄嗟《とっさ》に出た謝罪に、志乃原はプクーッと頬を膨らませた。

「な、なんですかそれ！　私の胸をそんな三桁の価値に換算されるのは不服なんですけど！　何ならもうちょっと——」

そう抗議しながら視線を後ろに逸《そ》らした志乃原は途中で口を噤《つぐ》み、どこか満足気にほくそ笑んだ。

表情豊かな後輩を不思議に思ったが、背後に佇《たたず》む人物が誰なのかを思い出し、恐怖で些《さ》末《まつ》な疑問が吹っ飛んだ。

今しがたの志乃原は、他に人がいないと言っていなかったか？　こんなに怒気を放つ存在を無かったことにできるなんて、志乃原も成長したものだ。

恐る恐る振り返ると、彩華はこめかみをヒクヒクとさせていた。

和解したての後輩の胸に突っ込んでしまったことで、彩華の怒りは更に増幅されたようだ。

「あ、あんたねぇ……」

追い掛けるのが悪いんだと反論しようとしたが、もしかしたら逆効果かもしれない。

どんな対応を取るか逡巡《しゅんじゅん》していると、先に志乃原が彩華に話しかけた。

それはにこやかな笑みだった。

二人が揃《そろ》う場所に立ち会うのは、恐らく二週間前の体育館以来。

志乃原がイップスを克服した後、俺たちは少しの言葉を交わして、解散した。

これからこの二人は、中学時代よりも更に踏み込んだ話をするような仲に進展していくのかもしれない。そう思うと感慨深いものがある。

「彩華さん、いらっしゃったんですねー。じゃあここからはバトンタッチということで、先輩を引き取っても構いませんか？」

「白々しい反応やめてくれる？　私がいることくらい知ってたでしょ」

「えーなんの話ですかー」

あれ、変わってないんですけど。むしろ全然バチバチなんですけど。

志乃原のシュートを一緒に支えていた時は穏やかな時間が流れていたというのに、今日の五号館ロビーにはまたピリついた雰囲気が漂っている。

……いや、よくよく観察すると二人の表情に嫌悪感などは確認できない。

特にかつての志乃原はそれが全面に出ていたので、その差が如実に分かる。

梅雨明けの日を過ごしていなかったら、この対峙《たいじ》はもっと険悪なものになっていたに違いない。

二人にしか分からない関係性もあるのだから、これも正しい形の一つなのかもしれない。

俺はいくらかホッとして、二人を宥《なだ》めようと声を出した。

「どうどう、抑えて抑えて」

「あんたが言うな！」

「そうですよ、先輩が言わないでください！」

「俺へのあたりキツくない⁉」

彩華は小さく鼻を鳴らして、俺が持つレジ袋を弄《まさぐ》った。取り出したのはグミ。

先程彩華が購入し、俺の袋に入れていたものだ。

「真由《まゆ》、これ。頼まれてたやつ」

「ありがとうございます。私も彩華さんに頼まれてたファッション誌読んで、目ぼしいページの写真撮っておきましたよ」

志乃原はスマホの画面を翳《かざ》した。

それを覗《のぞ》き込んだ彩華は満足気に頷《うなず》き、口を開く。

「ありがと。どうだった？　秋のトレンドに合いそうな小物とか」

「ぬかりなくチェック済みです。私はマイケルコース好きですけど、彩華さんってどこ好きなんですか？」

「んー、私はブランド自体に拘《こだわ》りはないかなぁ。ほんとに目についた物の中で輝いて見えたものっていうか」

「あー分かります、やっぱり実際に見てるとそういう時ありますよね」

「そうなのよ、特定の好きなブランドがあると余計に出費が嵩《かさ》むし、それを避けてるっていうのもあるけどさ」

「あ、じゃあサロンモデルとかしませんか？　彩華さんなら絶対うちもオッケー出るんで」

「割りの良さによっては一考する価値ありそうだけど……私行きつけの美容室が好きだから。美容師さんたちと離れるのが寂しいし、やっぱり無しかな」

「あー、確かにそういうのはお金には代えられませんもんね……」

……二人の雑談は実にスムーズだ。

一瞬ピリついた雰囲気も緩和したことから、二週間振りに会った手前気恥ずかしかっただけなのかもしれない。

その証拠にお互い呼び方が変化している。

そう思って暫《しばら》く二人の雑談を聞いていたが、あまりにもその状況が続いたので口を挟もうとすると、不意に彩華が話題を転換させた。

「そういえば上で話してたことなんだけど、試験終わりに『Green』と『start』合同で旅行する話が出てるの」

「えっ、ほんとですか？　随分急な話ですね」

「真由、みんなにこの話をそれとなく伝えといてくれない？　もし一緒に行けるなら、団体割で一泊分のホテル代浮くからさ」

志乃原は顎に手を当てて思案すると、俺に訊《き》いた。

「先輩、『start』の方たちってこういうのオッケーするんですかね」

「忘れられたかと思ったよ」

俺が口を尖《とが》らせると、志乃原は「拗《す》ねないでくださいよぉ」と口角を上げた。

「うっせ。まあ、オッケー出ると思うよ。要はホテルやバスが一緒なだけだしな」

「ですよね。私も全く問題ないので、彩華さんの申し出はお断りします」

うんうんと頷きかけて、頭の中に疑問符が踊った。

「文脈おかしくない？」

彩華が小首を傾《かし》げる。

だが、次に志乃原が返した言葉は納得のいくものだった。

「私、確かに皆さんに良くしてもらってますけど……まだまだ新参者なので、上手《うま》い伝え方がちょっと分からないんですよ」

「真由ならそつなくこなせると思うけど……」

そう返事をした彩華は、かぶりを振った。

「いいえ、そうね。入りたてだし、あんまりこういう運営側のことはしたくないか」

「そ、そういうわけじゃ……」

「ううん、いいの。今の話は忘れて？　まずは百パーセント楽しむのが下級生の仕事だもの」

……そうか。

考えてみれば、この夏の旅行が志乃原にとって初めてのイベントだ。

彩華もそこに気付いたから、素直に引き下がったのだろう。

サークル員への根回しをしていたら、どうしても運営側の思考回路が頭に染み付く。

バス会社やホテルとのやり取りだったり、人数の点呼やツアーの班分け。レクリエーションの準備に、食事テーブルの班分け。

そこに運営側にしかない楽しさはあるものの、まずは難しいことを考えず、素直に楽しんでもらいたい。

きっと彩華の言葉には、そんな想《おも》いが込められている。

「運営側の鑑《かがみ》だな」

俺がそう言うと、志乃原は身体《からだ》を僅かにもじもじさせた。

「あ……ありがとうございます」

志乃原からのお礼に、彩華は目を瞬かせた。

「い、いいえ。むしろごめんね、あんまり考えずにこの話しちゃって」

「そ、そんなそんな。おかげさまで俄然《がぜん》旅行が楽しみになりました」

恐縮しているような態度に、思わず頬《ほお》が緩んだ。

二人の中学時代は、もしかしたらこんな感じだったのかもしれないな。

今まで俺は険悪な雰囲気の二人しか見たことがなかったけれど——これがきっと、かつての日常だったのだ。

そして、俺と志乃原にも。俺と彩華にも、同様に日常が存在している。

梅雨時に懸念していた事態は全て好転した。

俺はそれぞれとの関係を保つことができている。

この日常が帰ってきたことへの喜びを、改めて噛《か》み締《し》めた。

「じゃ、やっぱあんたしかいないわ」

ポンと肩を叩《たた》いて、彩華は口元を緩めた。

「やっぱりそうなる？」

「なるわよ。樹さんと藤堂君からも頼まれたでしょ。ついでに運営側入りなさいよ、もう大分話進んじゃってるけど」

「運営か……」

「結構楽しいわよ」

彩華がそう答えた時、志乃原が俺の袖を控えめに引いて訊いてきた。

「先輩、藤堂さん上にいらっしゃるんですか？」

「ああ、ロビーに降りてきてないならまだ上にいると思うよ。生協で旅費の確認してるんじゃないかな」

「承知！　私、サークル費まだお支払いできてないのでちょっと行ってきますね！」

そう言うや否や、志乃原は階段へ駆け出した。

思い立ったら即行動なのが志乃原らしく、見ていて何だか微笑《ほほえ》ましい。

「じゃ、あんたも運営よろしくね」

遠のいていく志乃原の後ろ姿を眺めながら、彩華がそう呟《つぶや》いた。

「ご褒美とかあったら頑張れるんだけどなー」

俺は後頭部に両手を当てて、天井に向かってぼやいた。

旅費の削減がご褒美といえばそれまでだが、何かプラスアルファが欲しい。

願わくば、藤堂から賄賂など貰《もら》えたりしないだろうか。

〝代表からご飯を奢《おご》られる券〟などをくれたら最高なのだが。

「ご褒美ならあるじゃない」

「え？　何だよ」

「私のビキニ姿。見たことないでしょ？」

……言われてみれば、確かにそうだ。

高校の時にスク水姿を何度か見たが、あれとは全くの別物と考えてもいいだろう。

露出度の高いビキニ姿。

想像してしまいそうになって、俺は無理やり意識を逸《そ》らした。後でどんなにからかわれるか分かったものじゃない。

「別に……それご褒美とかにはなんねーから」

何とか言葉を返すと、彩華はクスリと笑みを溢《こぼ》した。

「あら、そう?」

その声色がお見通しと言わんばかりで、俺は思わず嘆息する。

本当に、彩華にはいつまで経《た》っても敵《かな》いそうにない。

しかしせめて一矢報いたいと、俺は口をこじ開けた。

「ほんとはめっちゃ楽しみ。めーっちゃ楽しみ!」

言ってから気付く。

こんな稚拙な発言では一矢報いるどころか更なる反撃を喰《く》らうだけ。

自分から弱みを曝《さら》け出したに過ぎないと。

だが、予想に反して彩華は怯《ひる》んだ様子だった。

意外に思っていると、やがて彩華はフイと顔を逸らす。

「――が、頑張りなさい」

……今日の彩華、何だか変だな。

そんな戸惑いの気持ちが浮かび上がるも、すぐに期待感へ切り替わる。

潮風の吹く、海水浴場。

サークル旅行を楽しみに、ひとまずは試験を頑張ろう。

茹《う》だるような熱気も今だけは歓迎できそうだ。

# 第3話　女子大への潜入

俺にとってこの世で最も残酷な音が、無慈悲に講義室へ鳴り響いた。

即《すなわ》ち、試験終了を示すチャイム。

学生によっては試験から解放される至福の音であり、俺のような一夜漬けの末に惨敗濃厚の学生からすれば終わりの始まりを示す音。

落単の二文字が脳内で踊っており、俺はかぶりを振って無理やり追い出す。

スケジュール管理さえできていれば、充分に勉強時間が取れていた。曲がりなりにも講義を真面目に受けていたから単位を取得できている可能性も少なからずあるが、やはり悔いが残る出来になってしまった。

絶望して天井を見上げていると、隣から声をかけられた。

「悠太《ゆうた》、落胆してる。落単だけに、わははは」

「…………ぶっっっころ」

「待って、それは女子に言うセリフじゃない」

俺の発言を寸前のところで止めたのは、夏にもかかわらずボブの髪を伸ばし始めている那月《なつき》だ。

三日月形のイヤリングが今日もユラユラ揺れていて、男子の視線の八割はそこへ注がれることになるだろう。

「エッチ、どこ見てんのよぉ」

「イヤリングだわそんな要素どこにもねえんだわ」

「あれー、悠太がいつもより雑対応な気がする……」

丸メガネの奥にある目が細まる。

この様子だと那月の出来は上々なのだろう。それが余計に腹立たしい。

「単位取れたやつは今日俺に話しかけたらダメ。仲間じゃない」

「えー、そんなぁ。礼奈《れいな》からのお達しを持ってきたというのに、そっかぁ。じゃあ返信しとくね、悠太は行かないって。〝約束〟なんてどうでもいいって」

「待て。詳しく」

約束という単語に反応して、俺は漸《ようや》く上体を背もたれから離す。

那月はニマニマしながら、俺の肩をポンと叩いた。

「人にものを頼む時の大事な七文字」

「……オネシャス」

本来なら一度突っ返されるはずだったが、那月もそこまで鬼ではないらしい。

「仕方ないなあ」と言いながら、ポケットからスマホを取り出す。

「なになに。『悠太くんがいつ頃うちに来るか、それとなく訊いておいてくれない？』だってさ。……あれ？」

「……お前、それとなくの意味分かってる？」

「……まあ私、悠太の友達でもあるからさ。これがフェアプレーってやつだよね」

那月はそう言って腕組みをした。

礼奈もまさかこんな裏切り方をされるとは夢にも思っていないだろう。

図らずも礼奈の文言を知ってしまった俺だが、確かに礼奈とは約束がある。

この丸二日、脳みそのリソース全てを試験勉強に費やしていたが、それで約束を忘れる訳もない。

今日は礼奈の通う女子大へ遊びに行く日だ。

梅雨時から女子大に誘われていたが、先週に日程を今日だと決めていた。

正確な時間までは決めていなかったが、那月に連絡が入ったのを鑑みるになるべく早く向かった方がいい。

腕時計に視線を落とすと、まだ十二時過ぎ。

講義は五限目に一つだけ残っているが、今日だけは約束を優先しよう。早めに解散になったら出席すればいい。

俺は腰を上げて、「今から行くって伝えてくれ」と那月に言った。

「えー、自分で伝えてよ」

「それじゃ那月が俺にバラしたことがバレるだろ」

「……し、仕方ないなあ」

今日の那月がどこか抜けているのは、試験終わりだからだろうか。

那月がそそくさとスマホに指を走らせるのを眺めながら、そんな感想を抱く。

「そういえば、礼奈が旅行に参加することって彩ちゃんに伝えてある？」

「いや、まだ。今日伝えるつもり」

二人の蟠《わだかま》りが未《いま》だ継続していたら、礼奈の参加を断られるかもしれない。

だから会議室で合同旅行の話を聞いた際、覆せるかを思案したのだ。

だが諦めるしかなかった。礼奈はどちらのサークルにも所属していない。これでは、さすがに説得材料になり得ない。

だからハードルは高いが、彩華《あやか》には一度頼んでみないといけない。

「私がどうしたの？」

タイミング良く、今度は後ろから声をかけられた。

声だけで彩華だと判《わか》ったので、おもむろに振り返る。

慎重に訊《き》け。

俺の所為《せい》で拗《こじ》れた関係だ。慎重に——

しかし俺が言葉を放つより先に、那月が彩華に先程の内容を伝えた。

「彩ちゃん、合同旅行の話なんだけどさ。『start』の旅行に参加予定だった礼奈も来ることになるんだけど、部屋割りとか融通利かせて貰ったりできないかな」

彩華は目を瞬かせた。しかしあっさり頷《うなず》いた。

「全然大丈夫よ。藤堂《とうどう》くんから『start』以外の人も参加するっていうのは聞いてるし、部屋割りの話もその時出てたから」

「さすが彩ちゃん仕事早い！」

那月は彩華から見えない角度からピースをしてみせた。

どうやら助け舟を出してくれたつもりらしい。

「褒めても何も出ないわよ？」

彩華は小さく笑ってから、俺に向き直った。

「礼奈さんを孤立させないように、ちゃんと気遣っておきなさいよ。あんたの招待なんでしょ？」

「わ……分かってるよ。まあ、本人は那月と行動する気みたいだけど」

俺の発言に、那月は申し訳なさそうな表情を浮かべた。

「彩ちゃん、実は私もう一人誘いたいんだけどさ。うちは外部禁止だよね？」

「うん、基本的には。ただ、今回は『start』も合同だから、こいつに頼めば何とかなるかも」

「悠太お願い！　私と礼奈の同級生誘いたいんだけど、そっちの枠として招待って形で旅行名簿に追加してくれないかな？」

那月は俺に顔を向けて、両手を合わせた。

「え？　いや、藤堂からしたらその子ってサークル員の友達の友達だろ。さすがに……」

「礼奈のためなんだけどな……高校の同級生が二人いたら絶対楽しめると思うんだ……」

那月の言葉に深い溜息《ためいき》を吐《つ》く。そう言われると弱い。

しかし元々参加予定になかった人の追加は、俺の一存でどうにかできる問題ではない。

「了解、その人の分を仮追加ね。ギリギリまだ収まるから大丈夫だけど、今週までには確定の連絡ほしいかな」

意外にも、彩華はあっさり了承した。

随分あっさりしている。人数の追加が可能だったとはいえ、この場で決めてしまっていいものか迷いそうなものだが。

念のため、俺は彩華に耳打ちする。

「ほんとに大丈夫か？　無理してるなら──」

「だ、大丈夫よ。私もあの人には借りがあるし……うわっ」

彩華は弾《はじ》けるように俺から離れて、コホンと咳払《せきばら》いした。

何だか避けられたみたいで軽く傷つく。

「那月、今回は対応しておくから。回りくどくなって悪いんだけど、その人の個人情報は藤堂君に送るからね。一応それが条件ってことで」

「じゃあ俺からそれは伝えておくわ」

「悪いわね、うちのサークルの名義だと周りに示しがつかないから」

「彩ちゃんありがとー！」

那月の敬礼に彩華は頰《ほお》を緩めてから、俺に向き直った。

「ね、あんた試験どうだった？」

「多分終わった」

彩華は俺の返答に苦笑いしてみせる。

「やっぱり一夜漬けじゃ厳しかったか」

「ギリギリ二夜漬けだったんだけどな。でも十五パーくらいでいけるかも」

「あはは、単位取れてることを願ってるわ。で、今からご飯食べない？　那月も含めて三人で」

彩華の提案に、那月は困った顔をした。

俺が行けない理由をそのまま説明するか迷っているに違いない。

「ごめん、俺この後予定あるんだ」

「あ、そうなの。珍しいわね」

「人を暇人みたいに言うなよ」

「違うの？」

「ちげーよ！」

俺はそっぽを向いて、そのまま歩を進める。

彩華も予定があると言えば、余計な詮索はしてこない。彼女はそういう性格だ。

「待ってよ」

「ぶぇっっ」

首根っこを摑まれて、喉から潰れた声が出る。

首元に襟が食い込んでいる。

上体が逸《そ》れてバランスを崩した挙句、後頭部が——

「危ないわね」

ガシリと頭だけが両手で摑《つか》まれて、そのまま元の体勢に戻された。

那月が「お胸キャンセラーだ」と訳の分からないことを呟《つぶや》いた。

振り返ると、彩華がこともなげに言った。

「私の胸はそんなに安くない」

「……その割には――」

「ん？」

「すみません。何もないです」

梅雨時に谷間を露《あら》わにしていたじゃないかと言おうとしたが、事前に察知されたのか妨げられた。まあ今と状況は全く異なるけれど。

今はそんなことより、他に訊くべきことがある。

「なんで止めるんだよ」

「そ、そんなに触りたかったの？　真由《まゆ》のと比べようとしてたってこと？　それとも礼奈さん？」

頬を染めながらも軽蔑したような視線を送ってくる彩華に、俺は慌てて否定した。

「ち、違う！　俺が出て行こうとするのを何で止めるのってことだよ！」

「あ、そういうこと」

「当たり前だろ……」

俺は首筋をさすりながら言った。

那月はこちらを不安そうに窺《うかが》っているが、当の彩華は堂々と腕組みをしている。

「例の旅行プランについて話したいのよ。あんたの予定は何時からなの？」

「もう遅刻してる」

時間は決まっていないものの、そう言った方がここからスムーズに抜け出せる。

俺の返事に、彩華は予想外というように目を瞬かせた。

「そ——それは行かなくちゃね。……行ってらっしゃい」

「……何かあったのか?」

「何もないわよ!!」

「情緒が分からん!」

彩華に背中を押されながら講義室を強制的に退出させられる。

振り返ると、彩華は「私那月と食べる!」と宣《のたま》った。

那月は戸惑いながら「わ、私の都合は訊いてくれないの……?」と返事をして、彩華が焦ったように取り繕う。

俺はそんな光景を眺めながら心の中で那月に合掌して、講義室を後にする。この合掌には、彩華の懐の深さへ感謝する気持ちも含まれていた。

◇
◆

傾斜の緩い坂道を暫《しばら》く上っていると、やっと目的地が視認できた。

横に逸れた先には高級住宅街がある場所に位置する、礼奈が通う女子大。ベージュやオレンジの煉瓦《れんが》から成る外壁が独特の雰囲気を醸し出している。

正門前に辿《たど》り着くと、まだ敷地に入ってすらいないのに尻込みしてしまった。

何せ敷地の中で行き交う学生は皆《み》んな女子だ。

学祭が開かれている訳でもないのに、本当にこんな場所へ入っていいのだろうかと思わされる。

「悠太くん」

親しげな声色に反応すると、礼奈がアッシュグレーの髪を靡《なび》かせながらこちらに近寄ってきていた。

薄紫のセットアップに白のインナー、シルバーのネックレス。

うちの大学では中々お目にかかれないコーデも、此処《ここ》では然程《さほど》目立っていない。流石《さすが》は女子大だと舌を巻いていると、礼奈がこちらを覗《のぞ》き込んだ。

上目遣いによって強調された瞳が、至近距離で俺の表情を窺っている。

学生の煌《きら》びやかさと社会人の落ち着きを両立させたような外見に、思わず胸が高鳴ってしまう。

その心情を悟られないように俺はおもむろに視線を逸らした。

すると礼奈が小さく微笑《ほほえ》む気配がした。

「ふふ。悠太くんはこの服好きだと思ってた」

「あ……合わせて着てきたのか？」

「うん。今日の予定に合わせた。ドキドキしてほしくて」

「そ……そうか」

あまりにも直接的な言葉にしどろもどろになっていると、礼奈は俺に身体《からだ》を寄せた。鎖骨に礼奈の頭部がこつんと当たる。

「ね。今からどこか行く？」

「ち、近いって」

周囲の人目を気にして離れると、礼奈は口元を緩めた。

「周りに誰もいなかったら、どうだった？」

「実際にいるんだから、そんな仮定意味ないだろ」

俺がきっぱり言うと、礼奈は「だよね」と笑った。

「じゃ、行こっか」

「え、このまま入れるのか？　警備員から射殺されたりしない？」

「悠太くん、ここ日本だよ？」

礼奈は俺の手を引いて女子大へ導く。

正門のすぐ傍《そば》にはステンドグラスに彩られたチャペルが聳《そび》え立っており、此処が男にとって馴染《なじ》みのない土地である事実を再認識させられた。

俺は警備員と目が合わないようにチャペルの方向を眺めていたが、逆に怪しまれそうで後悔した。……視線を逸らす直前に警備員は声を掛けるか迷う仕草を見せていたが、気のせいだろうか。

しかし敷地内に入っても、意外にも変質者を見るような視線は一切感じなかった。すれ違う女子大生たちはたまに俺と礼奈に視線を投げたが、すぐにまた自身の世界へ戻っていく。

もしかしたら恐れていたほど男という存在は珍しくないのかもしれない。傍に礼奈がいるのも、要因として大きいだろう。

次第に冷静さを取り戻していくと、自身の状況を正確に把握できてきた。

今の俺は礼奈に手を引かれて敷地を歩いている。

散歩に連れられる犬のようだ——普段ならそう思っていたところだが、脳裏にはかつての情景が過《よぎ》っていた。

付き合っていた頃、俺たちは頻繁に手を繋《つな》いでいた。

肩を並べて歩いていたら、言葉を発しないまま一方が指を絡めてそのまま恋人繋ぎ。付き合ってから暫くは、手を繋ぐたびに胸を高鳴らせた。

……この状況で、当時を想起しない方が不自然だ。

しかし、今俺の隣には誰もいない。

数十センチ前方で歩を進める礼奈は、あくまで案内するために俺の手を引いている。

心なしか手の甲が熱くなっている気がして、口を開いた。

「礼奈、ありがとう。自分で歩ける」

「そう？」

すぐに礼奈は俺から手を放す。

すると熱はどこかに霧散して、今しがたの熱は彼女のものだったことが判《わか》った。

言及するか迷った末に言葉を飲み込み、俺は別の話題を振った。

「こうしてみると……結構うちと共通点あるな」

付き合っていた頃の礼奈は時折「うちにも遊びにきて」と言っていたから、学祭の時には見学できなかったスポットなどがあるのかと思っていた。

チャペルのような施設がそこかしこにある訳もなく、行き交う学生が女子ばかりという状況も、慣れてしまえば特別感は薄れてくる。

とはいえ男にとって居心地が良いとはいえない環境だし、早いところ人目につかない場所へ移動したい。

礼奈の進路が食堂のような人気スポットなら困ってしまう。

そう考えていると、礼奈はニコリと笑みを浮かべた。

「悠太くん、校舎の中はきっと全然違うと思うよ。特にトイレとか凄《すご》いんだから」

「俺が入ったら犯罪だけどな……」

「トイレにシャンデリアとかあるんだよ。写真撮ってきてあげよっか」

「い、いらねーよ！」

天然で言っているのかは分からないが、礼奈はたまにこういうところがある。

礼奈はからかっていたのか、表情を和ませている。

俺は口を尖《とが》らせて、改めて辺りを見渡した。

「にしても……いざ来ると何したらいいか分かんないな」

「だと思った。……だから、色んな場所に案内してもいい？　私がいつもいるところを知ってほしくて、元から案内するつもりだったんだ」

事前にこうしてお願いするところが礼奈らしい。

誰とは言わないが、某後輩や某親友なら問答無用で俺を連れ回そうとしても何ら不思議じゃない話だ。

「礼奈がいつもいる場所か。確かに全然知らないな」

「でしょ。実際此処に来る機会は殆《ほとん》ど無かったし、知らない部分も沢山あると思うから」

「そうだな」

いくら仲が良くたって、その人のことを全て知り尽くすのは不可能。それは恋仲にも当てはまる。

ましてや身を置く環境が異なっていたのだから、それは顕著になるだろう。

当時知り得なかった穴を埋めていく——今はそういう時間なのかもしれない。

「悠太くんは気になる場所とかある？」

礼奈は俺を真《ま》っ直《す》ぐ見つめて、そう訊《き》いた。

すぐに候補が浮かばなかった俺は、新設のように綺麗《きれい》な校舎へ視線を巡らせる。

学祭の時は華やかな装飾で溢《あふ》れていた敷地。

平時でも、うちの大学にはない空気が漂っていた。

……俺とは全く違う環境で、礼奈は毎日過ごしてるんだな。

至極当然の事実を俺は改めて実感した。

異なる環境の女子大にも代わり映えのない毎日は存在する。俺にも礼奈にも、それぞれ異なる毎日がある。

その一部でもこうして共有できる相手がいるのは、きっと幸せなことだ。

元恋人以外の新しい道とはそういう関係なのかもしれない。

校舎に巡らせていた視線を礼奈へ戻すと、またパチンと目が合った。

陽光を反射したその瞳は、幻想的な雰囲気を醸し出している。

……礼奈が多くの時間を過ごしてきた場所か。

校舎内以外に、思い浮かんだ場所が一つあった。

「弓道場とか」

「悠太くん、弓道に興味あるの？」

「まあな。俺球技しかやってきてねーし、全く触れてこなかった競技だから逆に興味あんだよな」

これは以前から考えていたことだった。

弓道という競技は耳馴染みがあっても、実際に生で見たことはない。

テレビやネットを通じて視聴することはあっても、この目で見てみたいという気持ちは少なからずある。

そして礼奈が弓道に取り組んでいる姿はもっと見てみたい――かつての俺は本気でそう思っていた。

実際は弓道場に入ることはできないので、外から眺めるだけになるだろうが。

「じゃ、行こっか。一回構内から出ないといけないんだ」

礼奈は柔和な微笑みを浮かべて、くるりと踵《きびす》を返した。

アッシュグレーの髪がふわりと舞って、芳香を放つ。

「まさかいきなり出ることになるとは思わなかったけど」

人通りのない裏門から外に出た時、礼奈は明るい声色で言った。

「はは、確かに」

「ふふ」

二人で横並びするには憚《はばか》られる幅の歩道を進んでいく。

煉瓦の塀からは所々枝葉が見下ろしてきていて、爛々《らんらん》とした陽光から俺たちを隠してくれていた。

やはり構内より、外で散歩する方が居心地が良い。

「礼奈って弓道上手《うま》いの？」

何となくそんな質問をすると、礼奈は「むむ」と唸《うな》った。

その反応に、俺は慌てて言葉を付け足す。

「前に訊いてたらごめん」

「ううん、喋《しゃべ》ってなかったと思う。……実力は正直普通かなあ。上手かったらきっと弓道部のあるところに入学してただろうし」

礼奈は立ち止まって、弓を引く仕草をしてみせた。

アーチェリーのようなフォームかと思っていたが、こうして生で見ると微妙に違っている。

「弓道って的に当てるの難しそうだよなー」

「うん、慣れるまではとっても。弓とか七キロ以上あるし……慣れてもあの張り詰めた空気の中で普段通り射抜くのは、結構胆力がいるかも」

七キロの重量は女子の筋力では些《いささ》か苦労するだろう。男の俺だって、何分も掲げるだけで疲れてしまいそうだ。

弓道はアーチェリーとは似て非なる競技だと、礼奈から軽く教えてもらった記憶がある。アーチェリーは的に配分された点数を稼ぐ競技だが、弓道は当たりと外れの二択しかないのだ。「それがまた奥深いんだよね」と、かつて礼奈は愉《たの》しげな口調で言っていた。

武術と呼称される種目の中では弓道が最も興味のあるものだったので、いつかは習ってみたい。かつての俺は、そう考えていた。

礼奈が懐かしむように目を細めた。

「大会前にスランプになっちゃうとね、本当に胸がギュッてなるんだ。皆《み》んなが連続で射れてる最中に、自分だけ外した時とか想像しちゃって……団体戦怖かったなあ」

個人競技の団体戦。球技とは異なるチームワークが必要になると聞く。弓道着に身を包む礼奈の立ち姿。想像してみたら凛々《りり》しそうだ。

共学に通っていればたちまち男が殺到して、俺たちが知り合う頃には既に彼氏がいる事態になっていた可能性が非常に高い。……礼奈にとっては——

「悠太くん？」

礼奈が小首を傾《かし》げた。

「……いや。ていうかさ、サークルで弓道って珍しいよな。敷地に弓道場あるのか？」

俺の問いに礼奈は暫《しばら》く口を噤《つぐ》んでいたが、やがて微笑《ほほえ》んだ。

「あるよ、以前使われてた弓道場を使わせてもらってるの。弓道部は大分前に廃部になっちゃったみたい。弓道場、入れたら入ろっか？」

「まじ？　俺弓に触れたことすらないんだけど」

「体験できるかは分からないけどね。事前に確かめた訳じゃないし」

「じゃあ駄目だろ」

俺は苦笑いした。弓道場は礼節を重んじるイメージがある。その場に部外者が立ち入るのは避けるのが無難だ。

礼奈は気軽に誘ってくれたけど、彼女の周囲からの評判が落ちる可能性すらある。礼奈の世間体を考慮したら、とてもじゃないが受け入れられなかった。

「俺、外から見物するだけで充分だよ」

「そっか。悠太くんが望んでないのに案内したって意味ないね」

礼奈はそう言って肩を竦《すく》めた。

「今日の目的は案内自体じゃないし」

……あくまで目的は自身の日常を知ってもらうことだと言いたいのだろうか。

俺の思考をよそに、礼奈は弓道場に向けて歩を進めた。

◇
◆

礼奈と合流して一時間ほど経《た》った。

平時の敷地を歩いていると、俺が通う大学との細かな差異がよく判るようになった。

建物が放つ雰囲気がまるで違う。

建築物のコンセプトを如実に感じさせることから、創設時は名の知れた設計者を雇っていたのかもしれない。

そこかしこに建っている著名人の銅像や意図不明なオブジェは現代っ子の琴線には触れなそうなデザインばかり。しかし目下に広がる西洋風の石畳は敷地全体に気品を漂わせており、オブジェにも荘厳さを与えている。

校舎は和と洋が折衷された外観のものが多く、以前彩華と訪れた温泉旅館を何倍も大きくした規模のような印象を受けた。

裏門から敷地の真ん中を突っ切って正門まで赴くような徒歩コースを横切る時は未《いま》だに多少緊張したが、礼奈本人は愉しげに雑談をしてくれる。

見学というより礼奈との雑談がメインだったが、喋っている方が緊張を忘れられて楽しかった。いっそ学外へ出てカフェにでも行きたいなと思ったけれど、それでは此処《ここ》へ来た意味がない。

先程とは異なる大きめの裏門を視認できる距離まで近付くと、これまで歩いていた大通りから何本か小道が枝葉みたく延びるようになった。

それぞれが別の場所へ向かう道で、標識が所々に設置されている。

礼奈はその内の一本に進み、俺もついて行く。

緑葉を湛《たた》える木々が両側に生えている小道は、俺の気分をいくらか和らげてくれた。

「此処は春になったら桜が沢山散ってるんだよ」

不意に礼奈がそう口にした。

「沢山咲いてるって言う方が綺麗だと思うぞ」

「ふふ、確かに」

普通は散っている花弁より、咲いている花弁の方が好きだ。

礼奈の言い方に違和感を覚えて、俺は思考を巡らせる。

もしかしたら、彩華と礼奈が会ったのはこの辺りなのだろうか。

脇に逸《そ》れた小道にはベンチが二つ連なっていて、話をするにはぴったりな気がした。

「どこ見てるの？」

「ん、いや……あのベンチ座り心地良さそうだなって」

赤茶色のベンチには誰も座っておらず、礼奈は暫く迷ったように押し黙った。

「……そうだね。足休めよっか？」

「いや、いいよ。なんで男が先に音を上げるんだよ」

俺は笑ってみせてから、ベンチを素通りする。

横目に礼奈が一瞬立ち止まったのが判《わか》ったが、結局二人とも歩き続けた。どこに向かっているのかを訊こうとした時、丁度礼奈が振り返る。

「慣れない場所だと疲れちゃわない？」

「あー……まあ」

時折周りの視線を感じて、精神的には疲労しているかもしれない。

だからといって此処で散歩を止めるほど深刻ではない。

気温が三十度前後の状況下では、ベンチに座っても余計疲れそうだ。

できれば女子大から出るか、冷房の効いた室内で休みたかった。しかし当然校舎に立ち入るのは禁止されているはずで、どうしたものかと唸ってしまう。

思えば、最も気を抜けたのは敷地外の弓道場へ赴く時間だった。

そんな思考をよそに、礼奈は訊いてきた。

「どう？　うちに久しぶりに来た感想」

「楽しいよ。華やかで、俺には縁遠い雰囲気だから新鮮だ」

そのおかげで落ち着かなさが勝っているような気もしているが、礼奈のためにそう答えた。平時の女子大に入るなんて、礼奈からの招待がなければ絶対に叶《かな》わないことだ。あと数年経ってから一人で入れば、間違いなく警備員のお世話になる。

貴重な経験であるのは間違いない。

「ねえ、ほんとはどう思ってる？」

「え？」

「ほんとは……どう思ってるのかなって」

礼奈は小首を傾げて、口元に弧を描いた。

繰り返された言葉に逡巡《しゅんじゅん》したが、礼奈の望む答えは俺の本音なのだろうと判り、一つ息を吐く。

「んー……正直なところ……俺みたいな男にとっては結構居心地悪い、かも。ちょっとな」

俺の素直な感想に、礼奈は控えめに笑った。

「あはは、じゃあ駄目じゃん。やっぱりそっかー、学祭の時じゃないと厳しいって悠太くんが言ってた理由、今になって解《わか》ったかも」

「それを踏まえても、さっきも言ったけど楽しいよ。だからプラマイゼロ。ていうかプラスだ」

礼奈は「ありがと」と小さな声で答えたが、やがて苦笑いを浮かべた。

「……悠太くんさ。私と付き合ってた時、いつもデートコース決めてくれたりしてたじゃん。あれ、きっと難しいことなんだよね」

　唐突な問いに、俺は「そんなこと」と返す。

　しかし礼奈はかぶりを振った。

「私悠太くんにどうしてもウチに来て欲しかったんだ。でも、そこに悠太くんが楽しんでくれるかなんて……あんまり考慮できてなかった。したつもりだったんだけどね？　全部が楽観的になってたっていうか」

　俺も同じような経験を何度も繰り返したから気持ちが分かる。

　俺だって初めてプランを組んだ時は礼奈の好みを度外視してしまっていた。

　慣れてきたのは彩華のアドバイスと、経験した数の力だ。

　そして慣れるまで挫折しなかったのは、他でもない礼奈が拙いプランにも文句一つ言わず、それどころかいつも愉しげにしてくれていたからだった。

　実際俺はリードをするより、リードされる方が心地良い。

　だがその価値観を口にするのは、当時の俺は世間体がどうしても心配だった。

　だからある意味、礼奈に見栄《みえ》を張ろうとしていた部分もあったのかもしれない。

「ほんとは当時の気持ちを顧みたかったんだ。私、心のどこかでリードされるのを当たり前って思っちゃってたから……全然そんなことなかった。難しいね、これ」

「そう言ってくれると、あの頃の俺は報われるよ」

俺は口角を上げた。

胸の中にいるあの頃の俺が喜んでいる。そんな気がした。

「こんなことで？」

「そうだよ。こういうところは単純なんだ、男って」

長い時間を掛けて組んだデートプランであってもお礼の一つで満足する。彼氏ならば、彼女の愉しげな表情一つで満足する。

そもそも彼氏という生き物がデートプランを組む時は、彼女に喜んでほしいという気持ちが必要だ。

見栄を張りたいという心持ちだけでは最初の二、三回が限度だろう。

実際かつて付き合っていた時の原動力は礼奈の嬉《うれ》しそうな微笑みだった。

最初は失敗ばかりだったが、礼奈が優しく笑ってくれるおかげで、曲がりなりにもまともにデートプランを組めるようになったのだ。

「いつもリードしてくれていて、ありがと。……随分遅れちゃったけど、ようやく言えた」

「……おう」

過去の自分に今の礼奈の言葉が届くのなら、違った未来もあったのだろうか。

すれ違うこともなかったのだろうか。

二人きりで喋《しゃべ》っていると、どうしてもその類の思考が浮かんでは消える。

人通りの少ない小道の脇に逸れてから、礼奈は「今日は満足っ」と呟《つぶや》く。そして身体《からだ》を控えめに伸ばした。

「これ以上行きたい場所がなかったら、もう出よっか？　悠太くん、その方が嬉しいと思うし」

礼奈はそう言って、控えめな笑みを浮かべた。

……この表情を真に受けるほど、俺と礼奈の関係は浅くない。

きっとこのまま解散したら、礼奈は帰ってから今日という日を反省してしまうだろう。

俺は、礼奈に自戒させるほどの男じゃない。

大した取り柄もない俺が礼奈と付き合えたのは、彼女が女子大に通っているという環境、学祭というタイミング。それらが全て重なってようやく礼奈の琴線に触れたからだ。

恋仲になったのは、そんな奇跡の連続で。

かつて恋人だった時、礼奈を心底好いていたのはそれを自覚していたからかもしれない。

だからそんな俺が礼奈に寂しげな表情をさせるのは忍びなかった。

それに、体育館で俺は礼奈に言ったじゃないか。

──困らせてくれればいい。

あれは紛れもない俺の本心。

礼奈が自分の心を言葉にすると決めたように、俺も成長しなければいけない。

礼奈から言わせればこうして巡らせている思考も不本意なのかもしれないが——俺も、礼奈の前では心の内を言葉にすると決めている。

「せっかくだし、俺はもうちょっと此処にいたいな。礼奈が普段いるところとか、もちろん男でも行ける場所に限定されるけど。そういう場所があるなら連れてってくれないか？」

俺の返事が予想外だったのだろう。

礼奈は数秒黙っていたが、やがてにっこり笑った。

「もちろんっ！」

嬉しそうな声色。それだけで、俺は本心を言って良かったと心底思わされた。

この気持ちが今の俺から湧き出るものか、過去の残滓《ざんし》から湧き出るものか、それだけが判らなかったけれど。

礼奈の微笑みでこちらも嬉しくなるという事実だけは変わらない、そう思えた。

いずれ俺たちの仲にも明確な答えを出す時が来るかもしれない。その時出る答えは、双方が納得できるものになっているのだろうか。

暖かい風が、俺たちの間を横切った。

緑葉が舞って、思わず視線を奪われる。

礼奈はそんな様子に穏やかに「素敵」と言ってから、俺の手を控えめに引く。

「中入ろっか？」

礼奈の柔和な微笑《ほほえ》みは、かつてのそれと変わっていない。

◇◆

校舎の中に入ると、閉鎖的な外見とは裏腹に広々としたロビーが迎えてくれた。

ワインレッドの絨毯《じゆうたん》がロビー全体から幅の広い階段にわたって敷き詰められており、真ん中には大きな金字で校章が描かれている。

吹き抜けになっている天井からは豪勢なシャンデリアが吊《つ》るされていて、新郎新婦が歩いていても何の違和感もなさそうだ。

脇にはカラフルなソファがいくつも置かれていて、女子大生たちが円状のテーブルにテイクアウトしてきたであろうドリンクを置いている。

「ひえー、さすが女子大だな」

「もう見慣れちゃったけどね。一年生の頃は、これ見るたびに気分上がってたなあ」

「だろうな。女子が好きそう」

「ふふ、男子はお姫様とか興味ないもんね」

「まあ人によってはあるだろうけど、俺はあんまり」

「悠太くんにあったら私もびっくりするよ？」

どちらかといえばこの内装は、かつて自分がお姫様の格好になるという変身願望を持っていた人が喜びそうだ。

階段をゆっくり上がりながら、俺は控えめに辺りに視線を巡らせる。

するとあることに気が付いた。

「へえ、たまにスウェットとかの人もいるんだな」

俺から出た言葉に、礼奈はコクリと頷《うなず》いた。

「スウェットみたいな緩いコーデ、お洒落《しゃれ》だよね。私は着こなせないんだけど」

「あー、なるほどな。男がいないから気抜いてるとか、そういう理由じゃないんだ。偏見だったわゴメン」

謝ると、礼奈は「いやいや」と手を振った。

「もちろん気を抜く時もあるよ。私も何回かすっぴんで登校したことあるし」

「へえ、意外！」

俺が目を丸くすると、礼奈は恥ずかしそうに俯《うつむ》いた。

「遅刻しそうになったから……でもパウダールームがあるからね。服装はスウェットでも、すっぴんのまま一日過ごす人は見たことないかな」

「パウダールーム？」

耳馴染《なじ》みのない単語に訊《き》き返す。

「化粧室みたいなイメージ。那月が遊びに来た時は芸能人が過ごす楽屋みたいだって喜んでたよ。うちとは全然違うって」

「へえ。てことは、うちにもパウダールームってあるんだな。初めて知ったわ」

「今時あんまり珍しくないと思うよ」

礼奈はクスリと笑みを溢《こぼ》した後、慌てたように俺を見上げた。

「あ、今日はメイクしてるからっ」

「分かってるよ。明らかに可愛《かわい》いし」

……これではすっぴんが可愛くないみたいな言い方だ。

言った後にそんな懸念を抱いた俺は、頭を掻《か》く。

しかし杞憂《きゆう》に終わったようで、礼奈は目尻を下げた。

「ありがと」

「いや、まあ客観的に見た事実だし」

「その客観的っていう目線は、悠太くんから出たものだもん。私にとっては嬉しいことに変わりないよ」

礼奈は噛《か》み締《し》めるように返事をしてから、ネックレスを指で弄《いじ》った。

上品な光沢を放つアクセサリーはよく似合っている。

そんな俺の視線に何を思ったのか、礼奈は口を開いた。

「悠太くんってさ、最近またお洒落になったよね。皆《み》んなチラチラ見てるよ」

「女子大に紛れてる男がいたらそりゃ見るだろ。……ていうかほんとに大丈夫か、やっぱさすがに校舎からは出た方がいいんじゃ」

敷地にはたまに男が通り掛かることがあるのかもしれないが、さすがに校舎内はマナー違反なのではないだろうか。

しかし、礼奈はかぶりを振る。

「此処《ここ》は一般公開されてる校舎だから大丈夫。さすがに普通の場所は厳しいから」

暗にこの校舎以外の敷地は男子禁制だと言われている気がして、俺は思わず喉を鳴らした。

「つかぬことをお訊きしますが、さっきまでは大丈夫だったのか？　いや、警備員さんが声掛けてこなかったってことは大丈夫だとは思うんだけど」

念のために訊くと、なんと礼奈は視線を泳がせた。

「一人だときっと止められるけど。私と一緒だったから……警備員さんとたまに話したりするし、察してくれたんだと思う」

その言葉に、俺はピタリと立ち止まる。

「か――限りなくグレーに近い！　通報される！」

「大丈夫、私と一緒にいたから、さすがに！　あの警備員さんとはたまに雑談するしっ」

礼奈も慌てたように繰り返し釈明した。

道理で警備員さんがもどかしそうな顔をしていると思った。

あれは職務上俺に声を掛けなければいけない立場だが、礼奈の知り合いということが明白なのでグッと堪《こら》えていたという訳だ。

……後で謝ろう。

礼奈は「あはは」と申し訳なさそうに苦笑いしてから、言葉を続けた。

「とりあえず、この校舎は大丈夫。他には食堂とかも一般の人入れるし、此処には男性用トイレだってあるよ」

「ああ、だからたまに男いたのか。まあおじさんが多めだったけど」

俺の言葉に、礼奈は顎に手を当ててから提案してきた。

「今から私お気に入りのカフェに案内してもいい？　此処の最上階にあるの。人は多いけど、男子もいるから気まずくないよ」

「……それ別に女子大である必要ないんじゃ」

カフェに行きたいのなら、駅前にいくらでもあるような気がした。

しかし礼奈は、俺のつっこみに口を尖《とが》らせた。

「此処に悠太くんを招待することに意味があったんだもーん。なにより、私が普段過ごしてる場所だしっ」

「そ、そうか。それなら行きたいな」

「やった」

礼奈は小さく笑ってから、俺の前を進んだ。

三階へ上がる頃には階段に敷かれている真紅の絨毯は大理石風の模様へ変容し、幅は次第に狭まってきていた。

「ホグワーツからお洒落城に変わったな」

「確かにイメージは似てたかも。悠太くん何の魔法が好きなの？」

「アバタケタブラ」

「男の子だねえ」

「その目やめて！　恥ずかしいから！」

子供を慈しむような目に俺は思わず顔を覆う。

そんなやり取りをしていたら階段は二本の分かれ道となり、礼奈は右側の階段へ進んでいく。

背中を追っていると、礼奈が声を掛けてきた。

「悠太くん、疲れてない？」

「だからそれ男のセリフだって。俺のことは気にすんなよ」

冷房が効いているのでこれくらいの階段なんて苦じゃないし、礼奈の体力の方が心配なくらいだ。

「私は慣れてるもん」

礼奈がこちらに振り返り、何かを言おうとした。

──不意に礼奈の身体《からだ》が傾いた。

俺は目を見開く。

後ろにいるのは見知らぬ男子。焦りの表情を浮かべているのが視界の隅に映る。

お互い踊り場に出た瞬間だったために、こちらへ降りてきた男子とぶつかってしまったのだ。

「れ──っ」

瞬時に右手を礼奈に伸ばして、左手を手摺《てす》りに置く。

幸い目と鼻の先での出来事だったため、支える体勢さえ整えれば充分間に合うタイミング。

右手に重さがググッと加わって、左手の支えに力を込める。

礼奈を右手に抱えたまま、手摺りに置いた左手を軸に身体を半回転させる。

独楽《こま》のように遠心力を使って倒れてくる勢いを受け流すと、礼奈が「きゃっ」と声を上げた。

男子が盛大に慌てたようにこちらへ近寄ってきた。

「すみません、よく見てなくて！」

どうやらカップルらしく、男子の隣には女子大生が顔を青ざめさせて俺たちを見下ろしていた。

俺も視線を落とすと、礼奈はこちらを見上げて目をパチパチさせている。

「す、すみません！　大丈夫ですか⁉」

彼女の方が謝罪すると、礼奈は俺の腕の中でもぞもぞと首を縦に振ろうとしたが、思うように動けなかったらしい。

「全然大丈夫ですよっ」

一旦諦めた礼奈は、そのままの体勢で頬《ほお》を緩めて言った。

どう見ても大丈夫な状況ではなかったが、被害を受けた礼奈本人がそう言うのでカップルは謝罪を繰り返しながら降りていく。

彼女が彼氏の頭を小突いており、普段は仲睦《むつ》まじいことが察せられた。

「……重くない？」

「え？」

礼奈は顔を赤らめて、そう訊いてきた。

咄嗟《とっさ》の行動だったので重さは全く気にしていなかった。しかし言われてみれば、割としっかりした重量が腕に伝わってくる。

人を抱えているのだから当然だが、これ以上女子に重さを感じるのは申し訳ない。

俺は礼奈を引っ張り上げるために、身体を先程とは反対側に半回転させる。かなりの力を要したが、顔に出さないようにした。

隣に立った礼奈の頬はまだ紅《あか》く染まっている。

「久しぶりの感覚だったかも。悠太くんの腕」

それが名残惜しそうな声色に聞こえて、むせ返りそうになった。

「……か、からかうなよ」

「かっこよかった。ありがと」

ニコリと微笑《ほほえ》む礼奈を見て、俺は頭をガシガシ掻く。

そういえば、何だか柔らかい感触が掌《てのひら》に伝わっていたような。

いや、気のせいだろう。気のせいということにしておこう。

気を取り直した俺は再度階段を踏み締めて、漸《ようや》く最上階のフロアへ至った。

礼奈の説明通り、このフロアには男子がちらほら見受けられる。同年代の男子の存在に、俺は少なからず安堵《あんど》した。

見かける男子は皆んなお洒落《しゃれ》だったので、さすが女子大へ足を運ぶ男子だと感心する。

俺は浮いていないだろうか。

「あれだね」

「おっ」

　案内されたカフェは、最上階のフロアを半周回った場所に位置していた。

「洒落てんなー」

　感心した声を出す。

　このカフェは駅前にあるようなレトロやモダンとはまた異なる、ノスタルジックな店構えだ。

　大人数を収容できそうな店内なのにどこか隠れ家のような雰囲気を漂わせており、カフェ巡りを趣味にする女子大生からも人気がありそうだ。

　女子大にマッチした美々しい内装が外からも窺《うかが》えて、うちの大学にあったら志乃原《しのはら》が入り浸るに違いないという印象を受ける。

　店内に入るとデパートにあるような上品さも感じて、辺りを見渡せば利用している学生たちも落ち着いている人が多い。

　数人の男子と目が合って、仲間意識が芽生えそうになった。

　店内には男性スタッフも混ざっていることもあり、着席する頃には緊張感はすっかりほぐれていた。

「注文してくるね。悠太くんはカフェオレ？」

「え、いいのか？　アイスカフェオレでお願いします！」

「かしこまりましたっ」

礼奈が戯《おど》けたように敬礼して、すぐにレジまで赴いた。

注文する背中を眺めながら、何だか良いように使ってしまった気がして申し訳ない。

……まあ、こんな感情は礼奈にとっては不要なのだろうけど。

それにしても礼奈はいつもこのカフェで何をしているのだろう。

駅前のカフェであれば憚《はばか》られるPCを扱うような作業も、周りが学生で統一されていると捗《はかど》りそうだ。

馬鹿騒ぎする学生も見当たらないし、礼奈のお気に入りということは普段からこの雰囲気なのかもしれない。

数千人の学生が通う規模なので、カフェも複数あるのは容易に想像がつく。女子大生のみが利用できる店舗だと、きっと更に独特の雰囲気があるに違いない。

「悠太くん、お腹《なか》は減ってる？」

紅茶とクッキー、アイスカフェオレを丸テーブルに運んでくれた礼奈は、座りながらそう訊《き》いてきた。アイスカフェオレは思っていたよりもミルクが多めのようで、ガムシロップを注ぐか迷ってしまう。

「いや、そこまで減ってない。喉は渇いてたから今が最高、サンキュー」

「どういたしまして」

結局俺はシロップを数滴注いで、喉を鳴らした。

いつも飲むカフェオレより甘くなってしまったが、この方が女子大らしい気がするし、たまにはアリだ。

今日はこの甘々した風味が心地いい。

冷房の行き届いた店内とカフェオレのコンボに浸りながらちびちび飲み進めていると、礼奈が口を開いた。

「そういえば。夏の旅行、那月に話通してくれてありがと」

「……そうだ。そのことで話があるんだ」

俺は脳みその回路を切り替える。

八月に予定されている海旅行。梅雨時に礼奈を誘っていたが、その当時は『start』のみという体だった。『Green』と合同になっても海へ行くこと自体は変わらないが、これは伝えておかなければいけない。

「あの旅行さ、アウトドアサークルと合同になりそうなんだよ。話が出たのは一昨日《おととい》なんだけど、人数と行き先が変わりそうだ」

『Green』が予約しているホテルは日本海沿いのリゾートホテル。俺たちも料金が安価になる代わりに大人数での移動になったりと、旅行の節々に変更点がある。

すると、礼奈は目を瞬かせた。

「そのアウトドアサークルって……那月がいるところ？」

「うん。あいつはうちの旅行についてくる体だったけど、普通にアウトドアサークルのメンバーとして一緒に行くことになる」

「そっか。那月と悠太くん、あと真由ちゃんがいるなら安心だったんだけど……」

礼奈の表情が曇る。

それで礼奈の考えを悟る。いずれにせよ、確認しなければいけなかったことだ。

「ああ。彩華もいる。副代表だ」

そう告げると、礼奈は口をキュッと結んだ。

サークル全体の意思で決まった『Green』との合同旅行は覆せない。礼奈が『start』の一員であれば話は変わったかもしれないが、ゲスト参加という手前それも無理だ。

礼奈の反応によっては、参加を見送るべき――

「彩華さん、許可してくれるかな」

「え？」

「許可がなかったら、参加できないよね」

礼奈が真っ直《ま》ぐ《す》俺を見つめる。

二人に蟠《わだかま》りができたのは、俺に原因がある。知らないうちに、蟠りが解けていたのか？

「あいつはオッケーしてるよ。事前に確認済みだ」

「……良かったぁ」

礼奈は安堵したように息を吐く。

意外な反応だった。

しかし思い返せば、礼奈は以前彩華に会ったと言っていた。梅雨時にその出来事が話に出た時、別れ際には二人で笑っていた――そんな発言があった気がする。

推測していたよりも二人の仲は悪くないのかもしれない。

もしかしたら、もう連絡先だって交換しているかもしれない。

そう楽観的に推測しかけて、俺は自分の膝をギュッと抓《つね》る。

二人の関係を応援する自分に、何だか無性に腹が立つ。馬鹿か俺。そもそも俺が作った蟠りなのに、何を呑気《のんき》に。

「悠太くん？」

「……いや、ごめん。それで、懸念点は消えたか？」

訊くと、礼奈は「うーん」と小さく唸《うな》る。

そして控えめな声で言葉を並べた。

「私、あのサークルの新歓に那月と一緒に行ってたの。だけど私、入らなかったんだ」

「え、礼奈も受けてたのか」

驚いて、間抜けな声が出る。俺は誤魔化《ごまか》すようにカフェオレを飲んだ。

今しがたの思考は、一旦余所《よそ》に置いておこう。

「うん。偶然だよね」

「すごい縁だな。……そんで、どうしてそれを？」

大学一年生の四月時の礼奈は、まだ知り合う前。世間は狭いと改めて思わされる。

だが、礼奈は『Green』には入会しなかった。頭を整理すると、彼女の言わんとしている内容が判《わか》った。

今年一月に開かれたテストお疲れ飲み会の際の話だ。

那月は『Green』の選考を受けて、顔選考の噂《うわさ》があったと言っていた。那月がその話を知っているということは、礼奈にも伝わっている可能性が高い。それこそが礼奈が入会を辞退する理由だったとしたら——彼女にとって、旅行に行く上での懸念材料になりえる話だ。

礼奈が顔選考をする異性に溢《あふ》れた団体へ溶け込もうとするとは思えない。

だが、俺はその懸念が杞憂《きゆう》だというのを知っている。

既に俺たちは三年生で、サークルの中心的な存在。当時の上級生は皆《み》んな引退したり、卒業している。

そして彩華が副代表となった現運営陣が、顔選考を許す訳がない。那月も一月のテストお疲れ飲み会の際、「彩ちゃんも後から知ったらしくて、知った時はあからさまに嫌な顔してた」と言っていた。

だから、礼奈の懸念材料は今ここで取り除ける。

そのサークルに属していない俺からの言葉は信憑性《しんぴょうせい》に欠けるかもしれない。

それでも何のフォローも入れないよりは遥《はる》かにマシだ。

「礼奈」

「ん？」

「那月のサークルに顔選考とかいう噂があったのは礼奈も知ってるだろ」

礼奈は目をパチクリさせた後、視線を泳がせた。

「うん……そんなこともあったかも」

曖昧な言い方だったが、表情でそれを鮮明に覚えているのは伝わってくる。

俺は新歓の現場にいた訳ではないが、女子の立場からすれば不快な事案であったのは想像に難《かた》くない。

だがそれは当時の運営側が問題だっただけで、樹《たつき》さんや彩華が上に立っている現在ではそうした思考を口にするのも憚られる環境へ変移している。

「信じられないかもしれないけど、もうその実態はないぜ。少なくとも今は——」

「あ、そうなんだ。良かったぁ」

あっさりと礼奈はそんな言葉を返してきた。

俺は拍子抜けして、礼奈をまじまじと見た。

「そ、そんなに見つめられると照れちゃう」

「いや、悪い。なんかそこまですんなり信じられたら逆に俺が不安になってくるっていうか」

「なにそれー。疑われる方がよかったみたい」

礼奈がくすくす笑って、俺の腕に人差し指をつんと当てた。

「信じるよ、悠太くんの言うことだもん。教えてくれてありがと」

そう言葉を繋《つな》げて、礼奈は紅茶を一口飲んだ。

八月の旅行は、俺がサークルで赴く最後の海になる。

その中に自分の親しい人たちが参加しているのは、俺も嬉《うれ》しい。礼奈があの頃と変わらず、俺を手放しに信頼してくれているのも——素直に嬉しかった。

「水着、新調しなきゃね」

礼奈は空中に人差し指でビキニの絵を描く。顔はすっかり綻んでいて、先程の不安げな心持ちは感じられない。

礼奈の懸念はうまく取り除けたようだ。

「悠太くんってビキニ好きだよね？」

買い物への誘いかと思った俺は、こう答えた。

「男は多分皆んなそうだよ。……って言ったらきもいか、ごめん」

「健全な証拠だもん、気にしないよ。というか私が質問したんだし」

礼奈はクスリと笑みを溢《こぼ》す。そして暫《しばら》く無言で紅茶を飲んでいたが、やがてカップをカチャリと置いて、話しかけてきた。

「悠太くんにお話があります」

「ん？　なんだ、改まって」

「来週は何の日があるでしょうか」

「……試験です」

俺はそう答えてから、げんなりしてしまった。

旅行へ馳《は》せていた想《おも》いが踵《きびす》を返して脳みそに帰ってきて、代わりに試験に対しての焦燥感が湧いてくる。

「旅行の話があって良かったわ。じゃないと試験勉強頑張り切れない」

今期は自分一人の力で頑張るために日頃から試験勉強を進めているが、日程が差し迫ってくると更に脳みそに詰め込んでいかないといけない。

そう思っていたにもかかわらず、目標だったフル単は早くも今日打ち砕かれた可能性が高い。

スケジュール管理を怠ったミスを思い出して、俺は盛大に溜息《ためいき》を吐《つ》いた。

礼奈は俺の返答に目をパチクリさせた。

「悠太くん、単位数は大丈夫なの？　卒業はできそう？」

「大丈夫、まあそれなりに。後期には取り終わってるはず」

「私と同じ。うん、大丈夫だよ悠太くんなら」

励ましてくれたのか。俺はカフェオレをまた一口飲んで、「さんきゅ」と短くお礼を言った。

しかし、今しがたの質問はどういう意図だったのだろう。俺がしっかり卒業できそうかを確認するためだったとも思えない。

そう疑問に感じていたら、礼奈が何かをしようと逡巡《しゅんじゅん》していることに気が付いた。紅茶を飲む頻度がやたら高い。一口飲んでカップを置いて、置いたと思ったらまたすぐに持ち上げる。一体どうしたんだと訊《き》こうとした時、礼奈は「よしっ」と自分の鞄《かばん》を弄《まさぐ》った。

中から取り出されたのは小さなショッパー。

学生から人気のブランド名が刻印されている。

そして礼奈は、俺の眼前にそれを差し出した。

「悠太くん。──誕生日、おめでとう」

「えっ」

思わず驚きの声を漏らした。

そして、先程の質問が頭の中で繋がった。来週について訊かれたのは、俺の誕生日に関してのことだったのだ。

来週七月二十二日が、俺の誕生日。

「……覚えててくれたのか」

――今日の目的は案内自体じゃないし。

弓道場を見学しようとした時、礼奈はそう言っていた。こういうことか。

「うん。お祝い、させてほしくて」

「……ありがとう。めっちゃ嬉しいよ」

「ま、まだ開けてないのに？」

「気持ちが嬉しいんだって」

自分の誕生日が近付いているのは頭の片隅にあったが、試験期間が被《かぶ》っていたらどうしても意識がそっちにいってしまう。礼奈からすれば会話で嚙《か》み合わないこともあったかもしれない。

ショッパーから物を取り出す。中から出てきたのは重厚感のある箱だった。

礼奈の視線を感じながら、蓋を開けてみる。

「――うおっ⁉」

腕時計だ。茶色い革ベルトに、ピンクゴールドの縁に黒色の円盤。

針は三つで、透明感のある白をゴールドが囲っている。

統一感のあるデザイン性に、俺は息を呑《の》んだ。

「こんな、時計なんて……」

「こ、好みじゃなかったかな」

「いや違う、めっちゃ嬉しい！　俺こういうお洒落《しゃれ》な腕時計持ってなかったから！」

食い気味に大きな声を出してしまい、俺は思わず口を押さえた。

「ごめ、大きな声出た」

謝ってから、腕時計を手に取った。

カジュアルさの中にも綺麗《きれい》目の印象を抱かせるような、俺好みのデザインだ。

「良かったあ」

礼奈は心底ホッとしたというような微笑《ほほえ》みを浮かべた。

いつの間にか紅茶を飲み干して、余程緊張していたのだろう。何だか申し訳なくなったが、嬉しい気持ちは本当だ。

嬉しいどころか、これを本当に貰《もら》ってしまっていいものかという想いすらある。

「なあ、ほんとに良いのか？　こんなに良いやつ貰っちゃって」

「うん。私からあげたんだもの、当たり前だよ」

礼奈は柔和な微笑みを湛《たた》えた。その顔を見ると、野暮《やぼ》な質問だったと思わされる。

「……ありがとう、まじで嬉しいよ。こういう時計ほんとはずっと欲しかったんだけど、時間はスマホで確認できるって自分に言い聞かせてたんだ」

腕に巻いてみると、ズッシリとした重厚感。シンプルな服装と相まって映えており、存在感もある。

その光景に礼奈は目を輝かせて、パチパチと拍手をした。

「似合ってる！　かっこいいっ」

「まじか、やったぜ！」

「喜んでくれて良かったぁ。ちょっとだけ怖かったんだ」

「怖い？　なんで」

俺は上機嫌に笑いながら、カフェオレを口に含んだ。左手を動かすと視界の隅に腕時計が映る。甘みが口内に広がって、幸福感が更に増した。

「今はほんとに喜んでくれてるって解《わか》るから良いんだけどさ。悠太くんってプレゼント貰っても〝相手のために喜ばないと〟とか、そういうの考える性格じゃん」

「ああ、まあな。皆んなそうだろ？　きっと」

「皆んなのことは分からないけど……プレゼント渡して、気遣われたらショックだから。私、悠太くんの表情から絶対解っちゃうもん」

礼奈は肩の荷が降りたというように、身体《からだ》をググッと伸ばした。

礼奈の腕にも細めの腕時計とブレスレットがついていた。普段から利用しているからこそ、俺に似合ったデザインを選定できたに違いない。

「やっぱ礼奈の腕時計もお洒落だなー。礼奈に選んでもらって良かった」

「うん。また一緒の時間を刻めるようにって気持ちを込めて」

礼奈は人差し指を口につけて、ぱちりとウインクをした。

小悪魔のような仕草に俺は口角を上げてから、カフェオレをまた一口飲む。

礼奈の分のクッキーがまだ残っていたので視線を落とすと、すぐに俺の手元に取り寄せてくれる。ありがたく貰うと、礼奈は微笑んだ。

「美味《おい》しい？」

「うん。美味《びみ》」

「ふふ、よかった」

礼奈は両肘をテーブルについて、華奢《きゃしゃ》な指の上に端整な顔を置いた。

嫋《たお》やかな仕草に、俺の背筋は自然と伸びた。

「──悠太くん」

慈愛に満ちた眼差《まなざ》し。

何故《なぜ》か俺は、目を逸《そ》らすことができなかった。

店内から聞こえる物音が遠のいていく。

「来週から、試験始まると思うけどさ」

「……うん」

「海を楽しみに、頑張ろっか」

静謐《せいひつ》な声色が、心地良い。

不意に白い手がこちらに伸びてきて、俺の唇を優しく拭った。

「……クッキー、ついてたよ」

礼奈は笑って、ナプキンで拭き取る。腕に嵌《は》められたブレスレットがきらりと光る。

畳まれる寸前に見えたナプキンに、汚れは付いていなかった。

# 第4話 『Green』副代表

悠太《ゆうた》くんに誕生日プレゼントを渡してから、数日経《た》った。

――誘ってもらった旅行に行く前に、しなくちゃいけないことがある。

じりじり焼けつくような昼下がり、講義室から出た私は特に目指す場所もないまま構内を歩く。

『start』と『Green』の合同旅行。

悠太くんには参加の旨を伝えているけど、本来その判断は後でするべきだ。

私は悠太くんと旅行に行きたい。行かなくちゃいけないって、梅雨時に誘われた時から色々と考えた。

でも、『Green』と合同だなんて。

元々『start』単体の旅行へ参加するつもりだったから、誤算だ。

もちろん真由《まゆ》ちゃんのほかにも、那月《なつき》と一緒に行けるのは嬉しい。

でも同時に懸念点もできてしまった。

『Green』は私が新歓に行ったサークルだ。そこに私の知り合いは殆《ほと》どいない。一年生の頃に所属を断ったのが要因で、知り合った人たちとはものの一ヶ月で疎遠になっている。

でも、それ自体は懸念点にはならない。

明確に、私に来てほしくない人がいるという可能性。

私が原因で、悠太くんに余計な心労をかける可能性。

これが旅行へ参加する上での懸念点だった。

……彩華《あやか》さんは、私の参加をどう思っているのだろう。

悠太くんには言えない疑念。

彩華さんが『Green』の副代表なんて、私は初めて知った。

悠太くんが言うには、私の参加に関して彩華さんからの許可は既に取れてるみたいだ。

でもそれは、悠太くんの頼みだから頷《うなず》いただけ――そう解釈する方が自然な気がした。

彩華さんは以前私に謝ってきてくれた時に、胸の内に秘めた感情を吐露するように涙を流した。

私はそこで悟ってしまった。

――彩華さんも私と同じように、きっと。

あの日連絡先を交換しなかったのは、彩華さんの気持ちを解ってしまったからというのも理由かもしれない。

悠太くんに対する彩華さんの気持ちが伝わってきたように、私の気持ちも彩華さんには伝わっているはずだから。

そんな仲の人が旅行に来るなんて、普通なら嫌な気持ちになって当然だ。

私が元々『Green』に所属しているなら話は別だけど、皆《み》んなと通う大学すら異なっているのに。

ここで気まずい雰囲気を出したら、悠太くんは気を遣ってしまう。彼が旅行を楽しめなくなるのは、申し訳ない。

でも私はこの旅行に参加したい。

悠太くんと一緒に海へ行くなんて、この機を逃したらもう叶《かな》わないかもしれない。いくら大所帯で旅行をしていても、集まるのはきっと日頃から仲良くしている人たち。

そう仮定したら、二泊三日を共にするというのは著しく関係性が深まってもおかしくない。

意を決して、スマホを開いた。

私はインスタで悠太くんと那月、真由ちゃんと繋《つな》がっている。他にも元『Green』の上級生が何人か。

新歓に行っていたおかげで、インスタだけ繋がっている人が結構いる。

インスタから〝フォローする人を見つけよう〟の欄をタッチして、横にスクロール。共通のフォロワーが多ければ、彼女のアカウントがシステムからお勧めされているはずだ。

そして。

Ayaka　フォロー611　フォロワー1348
age 20
▽美味しい食べ物　パンケーキ&お刺身
▽綺麗《きれい》な建物
▽お花

彩華さんのアカウントはすぐに見つかった。

思った通りの結果だったのに、私はそれでも迷った。

どうしようかな、やっぱりやめておこうかな。

直接確認を取るなんて、非常識な気がする。でも、確認を取らない方が非常識？

……分からない。

投稿の欄にはキラキラした写真ばかり載っている。どれもこれもが輝いていて、本当に太陽みたいな人だ。

でも私はこれが表の顔だと知っている。

彩華さんにも、皆んなと同じく弱い部分だってある。

だから悠太くんと付き合っていた頃のように、彩華さんを無意識に持ち上げることはしない。自分も対等だって今だけは思わなきゃ。自信、持たなきゃ。そうじゃないと私は。

そうしてたっぷり悩んだ挙句、ようやく覚悟を決めた。

画面を一度タップして、彩華さんのアカウントをフォローする。

これで彩華さんからフォローが返ってくれれば、DMができるようになる。ラインは繋がっていないから、これが唯一の連絡手段だ。

……こんなことならラインを交換しておけばよかったな。

あの時はこうなるなんて思ってなかったから、後悔しても仕方ないけど。

ポロン、と画面上部に通知が降ってきた。赤色の通知だ。

『Ayaka があなたをフォローしました』

続け様に、通知がもう一つ。

『Ayaka があなたにメッセージを送りました：フォローありがとう☺ 何かあった？』

意外な気持ちになった。こんなにすぐフォローを返してくれるばかりか、彩華さんからDMまで送ってくれるなんて。

そう考えた私は、自身の思考回路にかぶりを振った。

……もしかしたら、私のとった手段は彩華さんを不安にさせるような行為だったのかもしれない。

以前は連絡先を交換しなかったのに今更インスタをフォローするなんて、何かあったのかと思われてもおかしくない。

——悟られてもおかしくない。

すぐにメッセージを開こうとしたら、焦りで二回画面をタップしてしまった。

指先にあったのは——通話ボタン。

慌てて切ろうとしたけれど、コール音はすぐに止まった。

『もしもし？』

「あっ——」

通話が繋がって、私は声を漏らした。

……彩華さんだ。

約二ヶ月振りの声。

涼やかな声色は凛《りん》として、私は緊張でスマホをギュッと握ってしまう。

フォローしたのは私。でもまさか、こんなにすぐに喋《しゃべ》ることになるなんて。

『あの、礼奈《れいな》さんよね？』

心なしか、彩華さんの声色もちょっと強張《こわば》っていた。

私がすぐに返事をしなかったからか、それとも。

「ご、ごめんなさい。私……間違えて」

『あ、そうなんだ』

彩華さんは安堵《あんど》したように言って、続けた。

『もしかして、フォローしてくれたのも間違い？』

「ううん、それは」

こうなったら、電話で訊《き》くしかない。

緊張で言葉が出なかったら困るのでメッセージが良い、そう思っていたけれど。直接話せもしないのに、何が対等だ。

そう無理やり自分を鼓舞して、口を開いた。

「あの。私、悠太くんから誘われてて。サークルの旅行に」

『うん、知ってるよ』

「私が行ってもいいの？　悠太くんは許可貰《もら》ってるって言ってたけど、どうしても心配になって。確認しておきたかった」

彩華さんは一瞬黙った。

返事の内容を思案するにしては短すぎる時間だったから、私から何かを感じたのかもしれない。

『もちろん。部屋割りは那月と一緒にしてあるから、安心してね』

「あ……ありがと。そっか、部屋割りは彩華さんたちが決めるんだね」

『うん、一応。面識ない人と同じ部屋だと、礼奈さんも気が休まらないだろうし』

「い、いいの？」

大所帯の旅行、特にアウトドアサークルではそれまで交流の乏しい人たちと仲良くするのを推奨されるイメージだった。もしかしたら彩華さん、私の性格を考慮してくれたのかな。

それに、こんなにあっさり。

『うん。──私、この旅行は〝Green〟の副代表として参加するから』

普通なら聞き流してしまうような、何気ない一言。

でも私にとっては違っていた。

婉曲《えんきょく》な、一時戦線離脱の告知。私にはそう捉えられる。

「私は……」

『言わないで』

彩華さんがピシャリと言って、私は口を噤《つぐ》んだ。

『ご……ごめんね。もう三年生だし、きっとこれがサークルで行く最後の旅行になる。だから、私は素直に楽しみたくて』

彩華さんが強い口調を弁解するように言葉を連ねる。

不快になんてなってない。むしろ、彩華さんはサークルという団体をまるごと大事に想《おも》ってるんだなって、ちょっとだけ羨ましいくらい。それは私が抱いた経験のない感情だから。

「そっか。……そうだね。海楽しいもんね」

私は口元を緩めた。

彩華さんは、恐らく私の恋敵。でもそのことは敵対する理由になんてならないし、なっちゃいけない。悠太くんにとって、彩華さんは近しい存在。

私が悠太くんと那月が友達であるのを嬉しく思うように、悠太くんも私と彩華さんが友達になったら嬉《うれ》しいかもしれないんだから。

「海、一緒に泳ごう……って言っても大丈夫かな」

今度こそ、明確な沈黙だった。でもその沈黙はマイナスの意味ではなく、戸惑いからくるものだと、電話越しに伝わってきた。

『——もちろん！　礼奈さんが良かったら、シュノーケリングとかしてみたい！』

彩華さんの声色が一気に明るくなる。

その様子に感化されて、自然に私の口角が上がる。

「うん。皆んなと仲良くできるといいなぁ」

『気の良い人ばかりだから、きっと仲良くなれるわ。夜はレクリエーションとかも考えてあるから、きっかけもあると思うし』

普段の私なら大人数で集まるのはちょっとだけ臆するると思う。でも彩華さんの声が弾むくらい楽しいのなら、これを機に私の価値観も変わってくれるかもしれない。

そう思ったら、ふつふつ胸に熱が帯びる。

当初の目的とは別の楽しみだ。

私も、今回だけは素直に楽しんでもいいのかな。

水着を新調して、思いっきり遊んでみてもいいのかな。

アウトドアサークルにいる人たちは、私が普段関わらないような人たちばかり。今回を機に仲良くなって——悠太くんや那月とも思い出を作って。

戦うのは、それからでも遅くないのかもしれない。

何だか肩の力がスッと抜けて、それから数分雑談をした。

『私もディオール好き。プチプラと使い分けてるけど、基本的にグロスはディオールだなぁ』

「分かる。誰とも会わない日はプチプラだよね」

『そうそう、やっぱり消耗品だし——』

用件が済んだらすぐに話を切り上げられるって推測していたけれど、結構盛り上がった。

コスメの話題だったからかもしれないけれど、二ヶ月と少しの冷却期間を置いたおかげか私もどんどん自然体になっていく。

通話が切れる頃には、すっかり緊張は解けていた。

「すごいなぁ」

小さく呟《つぶや》いた。彩華さんも私に対して苦手意識はあったはずだ。

でもこんなにすぐ打ち解けられるなんて、人が寄ってくる理由も分かる。真由ちゃんもそうだけど、皆《みん》なから好かれる人は内面から魅力的だ。同性の私ですらそう感じるのだから——そんな思考を始めてしまったのを自覚して、私は自分の頰《ほお》をペチンと叩《たた》いた。

来週までは、一旦お預け。今は全部忘れちゃおう。

その方が、きっと良い記憶として頭に刻まれてくれると思うから。

私は旅行に思いを馳《は》せながら、彩華さんの過去の投稿を眺めた。

ちょっとだけスクロールしてみて、動かしていた指を止める。

背中を照らし上げる陽光が強まり——消えた。

# 第5話　夏休み

試験期間に入ると、何故《なぜ》脳みそは普段より睡眠時間を貪欲に求めるのだろう。

作業ゲームは三倍増しで愉《たの》しくなるし、間食はクッキーの一枚がやたら美味《おい》しくなる。

いっそ永遠に試験期間が続けば、日常に潜んでいる小さな幸福を余すことなく享受できそうだ。

……決して試験期間に浸りたい訳ではないけれど。

俺は図書館でパソコンを睨《にら》みながら、深い溜息《ためいき》を吐《つ》いた。

大学の試験期間は、履修登録した講義の試験をこなすだけではない。即《すなわ》ち、膨大なレポートを教授に提出しなければいけないのだ。

教授によってはレポートの提出期限を試験期間終了後に定めてくれる人もいる。しかしレポートと試験が被《かぶ》ってしまい、その両者がカロリーの高い内容だと今の俺のようになる。

「眠すぎる……」

一旦パソコンを閉じて、俺は机にうつ伏せになった。

昨日は三時間しか寝ておらず、俺寝てないアピールを放つには絶好の体調。しかし試験期間のそれは珍しくもなんともないので、誰にもこの苦労を公言することはできない。

今日は試験期間の最終日にして、最大の修羅場。

今取り組んでいるレポートを提出すると同時に長い夏休みが始まるのだが、期限まであと数時間しかない。

休憩のつもりでうつ伏せになってしまったが、瞼《まぶた》を閉じれば二秒で夢の世界へ誘《いざな》われそうだ。

寝る訳にはいかない。

……寝る訳には――

「悠太《ゆうた》」

――誰かが俺を呼んだ気がした。

強烈な眠気が襲ってきており、すぐに顔を上げることができない。

無理やり瞼をこじ開けようとしていると、耳元でコトンと何かが置かれる音がする。

「………んんっ」

おもむろに顔を上げて、置かれた物を見る。

冷えたカフェオレの缶が、パソコンの傍《そば》に置かれていた。

しかし近くに知り合いの姿は確認できず、俺は暫《しばら》く視線を泳がせる。

ピンクゴールドの髪を揺らした背中が、視界の隅に映った気がした。

◇◆

「また酷《ひど》い顔してるわね……」

俺と顔を合わすなり、彩華《あやか》は珍しく心配そうな声色で言った。

雲一つない炎天が容赦なく中庭に陽光を浴びせていて、彩華は堪《たま》らない様子で首元に指をかけて、パタパタと扇《あお》いだ。

必死な思いで作成したレポートを何とか提出できて、晴れて二ヶ月弱の夏休みが始まった。単位が取得できたか否かを知るには一ヶ月ほど時間を要するので、ひとまずは解放されたといっていい。

「まあこの期間は仕方ねえよ。やっと終わったわ……今日は寝る。もう一日中寝る」

「そうね、休んだ方がいいわ。遊びたかったけど、あんたの顔見たら気が変わったわ」

彩華は苦笑いした。

「ああ……さすがにそんな元気残ってないな。ていうか、なんで今日大学に来てるんだ」

単位を充分取得済みの彩華は一昨日《おととい》から夏休みに入っており、大学に来る理由はないはずだ。『Green』関連だったとしたら、こちらが把握できないのも当然ではあるのだが。

しかし彩華の口からは、推測から外れた答えが出てきた。

「友達と会ってたの」

「……ふうん」

当たり障りのない言葉の裏には、俺の知る名前がある気がした。

先程カフェオレを渡してくれたであろうピンクゴールド髪の女子、戸張坂明美《とばりざかあけみ》。

「……その友達から、さっきカフェオレ貰《もら》った。お礼伝えておいてくれ」

「……そうなんだ。分かったわ」

お互い名前は明言しないけれど、今の言葉が通じたのならやはりそういうことなのだろう。

俺の反応が返ってこなくてもあっさり立ち去る振る舞いは、実に彼女らしい。多くの時間を共有した訳でもないのに、俺はそんな所感を抱いた。

彩華は暫く無言だったが、やがてポケットからハンカチを取り出して額を拭う。

白い肌があまりに瑞々《みずみず》しいので、この炎天下に留《とど》まらせるのはどうも忍びない。昨今の夏は本当に暑いが、女子にとっては強烈な紫外線の方が死活問題のはずだ。

俺は明美に関する思考から離れて、彩華に言った。

「日の光から逃げるか」

「そうね」

短い返事だったが、彩華の声から喜びの色を感じ取る。提案してよかった。

「あんた家に帰らなくて大丈夫？　眠いんじゃないの」

「うーん。やっぱりもうちょっと解放感に浸ってから帰ろうかなって。何か今直帰して速攻寝たら、自堕落な夏休みになる気がするし」

長期休みというのは初日が肝心だ。

俺の経験上、初日に堕落した生活を送ってしまえばそれが長期休みの基本型となってしまう。意志が強ければ全く問題ないのだが、俺のような自分に甘い人間はこうした外部的な環境から整えていかなければならないのだ。

まあ現在までそれが上手《うま》くいったためしはないのだが。


人工芝の広場へ入ると、試験から解放された学生たちが寝転がって談笑していたり、各々の憩いの時間を過ごしていた。

この時間帯は広場の半分ほどの敷地が校舎の影になっており、直射日光を防ぐことができる。

外で過ごしたい活発な学生が集まっているが、見事に影の部分に人が集まっていて中々面白い光景だった。

目の前に広がる憩いの場を眺めていたら、試験から解放された実感がふつふつ湧いてくる。

二人掛けのベンチに腰を下ろして、思い切り背もたれに体重を預ける。背中がひんやりして気持ちが良い。

お腹《なか》の中に溜《た》まった息が、大きな溜息となって外へ出た。

「ふーっ。……終わったーっ！」

「あはは、お疲れ様。どう、今期は健闘したんじゃない？」

「いつもよりはなー。彩華とか藤堂《とうどう》の努力が身にしみて分かったわ」

一年生の後期から講義をサボり気味になっていた俺にとって、この三年生前期は久しぶりに真面目に取り組んだ期間だった。

たまに二人からアドバイスを受ける機会はあっても、基本的には己の力のみで勉強していたので、結果がどう転ぶかは不明瞭だ。しかし二年生の時と比較すれば遥《はる》かに手応えがあったので、今週試験があった単位は全て取得できている可能性も十二分にある。

そんな思考が表情に出ていたのか、彩華は頬を緩めた。

「よくできました。本日二本目のカフェオレは、私が奢《おご》ってあげる」

「まじで？　貰う貰う」

「はいはい、後でね」

彩華はぐっと両腕を前に伸ばして、先程の俺と同じように大きく息を吐いた。

「はは、お前も疲れてるのな」

「まあね。試験期間にバイトのシフトを空けるの忘れてて、勉強と両立しなきゃいけなかったの。ほんと店長容赦ないわ」

「今何のバイトしてるんだっけ？」

「いかがわしいやつ」

「ごくり……」

俺の返事に、彩華は肩を揺らして笑みを溢《こぼ》す。

その何でもないような仕草に、彩華との日常が返ってきた喜びを噛《か》み締《し》めた。

「あ、そういえば」

ひとしきり笑った後、彩華は思い出したかのように口を開いた。

「旅行の日程が八月三日ってこと、ちゃんと礼奈《れいな》さんには伝えてあるの？　勉強の忙しさで忘れてない？」

「余裕で伝えてるっての。そのあたりの連絡は任せとけよ」

「あんまり、ていうか全然信用してなかったけど。まあ伝えてるなら良かったわ、やるわね」

「おい信用しろよ」

不本意な発言へ言葉を返すと、彩華は呆《あき》れたように目を細めた。

「だってあんた、たまに人と連絡したくない時期あるじゃない。電話したら出てくれるから、私は別にいいんだけどさ」

「うぐ……」

いつだったか、藤堂からも似たような内容の指摘をされた。

長期間の休み中は、不意に外の世界から隔絶された家に籠《こも》りたい気持ちが湧いてくる。

そんな俺の性分を理解してくれる人たちに囲まれているのは幸いだった。理解者しか残っていない可能性もあるが、そこはあまり考えないでおこう。

「まあそういう時期が来ても、ちゃんとスタンプとかは送るよ」

「ほんとに？　頼んだわよ」

彩華は口元を緩めて、優しく言った。

……志乃原《しのはら》なら俺が家に籠りたい時期でも問答無用で押し掛けて、一人の時間を過ごさせないはずだ。

彩華は多少無茶《むちゃ》なお願いをしてくることはあっても、俺のプライベートに踏み込んでくる機会は殆《ほとん》どない。きっと誰よりも俺を深く理解してくれている。

これが俺たちの親友としての在り方なのかもしれない。

「ありがとな」

口をついて出た言葉に、彩華は戸惑いの表情を浮かべた。

「なによ、気持ち悪いわね」

「酷い！　お礼言っただけなのに！」

俺が足をバタつかせると、彩華が「うっさい」と太ももをパシンと叩《たた》いた。

解放感から、普段より声が大きくなっていた。

「理由も分からないのにお礼言われたらそう思うのは当然でしょ。何に対してのお礼なのよ」

「いや、連絡とかしなくても怒らないし」

彩華はキョトンとした。

「あはは、今更？　そんなの当たり前じゃない。何年の付き合いだと思ってんのよ」

あっけらかんと返事をして、肩を竦《すく》める。

しかし心なしかその声色には、冷静な表情とは裏腹に熱が帯びている気がした。

「ねえ」

「ん？」

「私、あんたから連絡返ってきた時はいつも嬉《うれ》しいわよ」

初耳の内容に、俺は目を瞬かせる。

「……そうなの？」

「まあ私も自覚はあんまりないけど、多分ね。そうじゃなきゃ、きっとメッセージなんて続かないから」

「そりゃそうか。じゃあ俺も同じなのかもな」

業務連絡でもない、ただの雑談が延々続く。

それは俺と彩華に自覚がないだけで、常に嬉しさは潜んでいるからなのかもしれない。

認めるのは気恥ずかしいが、理論上は納得できた。

梅雨時に彩華からの連絡が途絶えた際、寂しかったのを思い出す。

あの感情は普段の連絡が嬉しかったからこそ抱いたのだろう。

「だからまあ、気が向いたら返事してよね」

「おう」

断れるはずもない。

自分が寂しさを覚えておいて、相手に同じ気持ちを味わわせるのは道理に適《かな》わない。

人と連絡を取りたくないのは自堕落な生活の延長線上にある可能性も否定できないので、ますます夏休みの過ごし方は重要になった。

今年は二年生の頃までとは異なり、社会人になることへ意識を向けていかなければいけない期間でもある。

サークル旅行を終えたら、少し考える時間を設けてみよう。

「はい、あげる」

「へ？」

俺は目をパチクリさせた。

彩華が自身のポケットから、唐突に小袋を取り出したのだ。

「あんた、誕生日だったでしょ。試験お疲れ様っていうのも含めて」

「何が入ってる？　爆弾？」

「は、入ってる訳ないでしょ！」

「だって誕プレくれるのなんて初めてだし！」

高校二年生で仲良くなって以降、彩華から誕生日にプレゼントを受け取った経験は無かった。今年一月に貰ったキーケースは愛用しているが──

「前あげたキーケースも、一応誕プレよ？　時期は半年ズレてるけど」

「そうだったな。あのキーケース、今でも大活躍してるぞ」

「知ってるわよ、いつも見てるし。だから今日もあげる気になったの」

彩華は「開けてみて」と促した。

小袋の紐《ひも》をスッと解《ほど》く。

見た目は堅そうな結びだったのに、容易《たやす》く解けた。

中に入っていたのは小さな木箱。

「……これ何入れるやつ？」

「違う！　その中に入ってるのよ！」

「あ、なるほど」

合点がいって、木箱の蓋を開けた。

「――おおっ」

シルバーのネックレスだ。

流行《はや》りの細めのチェーン型だが、真ん中に施されているブルーの装飾が一味違う雰囲気を醸し出している。留め具の部分には薄《う》っすら横文字が刻まれていて、俺は目を見開いた。

「これだと、どんな服にも合うからね。Tシャツはもちろん、ワイシャツにも合うわ」

「さすがです彩華さま。持つべきは彩華さま」

「ほんと現金ね」

彩華は若干呆れたように笑ってから、スラリとした指でネックレスを摘《つま》んだ。

「よいしょ」

「お？」

彩華は俺の後ろに回り込んで、うなじからネックレスを掛けてくれる。他人からネックレスを付けてもらうのは初めての経験だった。

首に掛かったネックレスを弄《いじ》ってみると、手触りが違う。

前に移動してきた彩華は、俺の姿を見て口角を上げた。

「思った通り、似合ってる」

「まじか。さんきゅ」

「どういたしまして。旅行には持ってきちゃだめよ。あんた無くすし」

「全然信用ねえな俺……」

まあ元々海では使える時間も少ないし、大人しく従っておこう。

「彩華の誕生日は九月だったよな？」

「私は別に要らないわよ。私が悠太に誕プレあげたかっただけだもの」

「……頭打ったか？」

いつもならきっちりお返しを求めてきそうなところだ。

元々俺も一月に貰《もら》った分はお返しするつもりだったのだが。

「……そうね。じゃあ貰おうかしら」

「どっちだよ」

俺は口角を上げて、彩華にチラリと視線を流した。

すると、あることに気が付いた。

今しがた隣に座った彩華の頰《ほお》が、僅かに紅潮しているのだ。

「おい、なんかお前顔赤くね？　やっぱ中入るか」

今日の気温は三十度を超えていて、れっきとした真夏日だ。

この場所は直射日光から遮られているものの、体調が芳《かんば》しくないのならば校舎内に身を置いた方がいい。

俺は即座に判断して、ベンチから腰を上げる。

しかし彩華は立ち上がろうとせず、彼女らしくなくモゴモゴと口を動かした。

「ま、まだ慣れてなくて」

「え？　何がだよ」

「……なんにもない」

相当体調が優れないのか、彩華の返事にはいつもの凛《りん》とした雰囲気はない。

俺は痺《しび》れを切らして、彩華の腰を抱えて無理やり立ち上がらせる。

「はっ、ちょっと⁉」

「無理すんな。辛《つら》いなら言えよ、運んでやるから──」

そうは伝えてみたものの、変な部位に触れた訳でもないのに掌《てのひら》へやたら柔らかい感触が伝わってくる。

夏服は他のどの季節の服よりも素肌に近い状態。だからこの感触は不可抗力なのだが、これでは校舎まで運ぶのに相当苦労しそうだ。

「あんたっわざと！　絶対わざと、ふざけてるでしょ！」

「ふざけてねえよ、いいから大人しくしてろ！」

「こんな場所で大人しくなんてできるか！」

彩華が勢いよく身を翻し、俺は彼女から生み出された遠心力でベンチにつんのめる。明美との1on1を観戦した際も感じていたが、身体《からだ》のキレを鑑みるにバスケサークルへ入れば大活躍するのは間違いない。

「……ちょっと、大丈夫？」

頭上から心配そうな声が聞こえる。

俺は頭からベンチに突っ込んでいた。あと数センチズレていれば、特大のたんこぶができていたに違いない。

「……その元気があるなら大丈夫そうだな……」

「元々大丈夫って言ってるんだけど……」

彩華は返事とともに、俺の背中に軽く触れる。

力ずくで引っ張り上げられて、男の立つ瀬がないなと思った。

# 第６話　いざ海へ！

合同旅行前日、二十三時。

ボストンバッグの中に最後の荷物を放り込み、俺はようやく一息吐《つ》く。

旅行の準備なんてもっと早く済ませて然《しか》るべきだが、いつもギリギリになってしまう。

旅行自体は待ち侘《わ》びたものでも、準備の億劫《おっくう》さは変わらない。

だがこれは万人共通の思考回路ではないらしく、志乃原《しのはら》曰《いわ》く「準備も楽しまなきゃ損ですよ！　私服とか水着をどれ着ようかなーとか、そういうの選んでる時間から旅行は始まってるんですよ！」とのことだ。

近頃は溌剌《はつらつ》とした発言に元気を貰う俺だが、やはりすぐにその思考回路に馴染《なじ》むのは難しい。特段馴染む必要なんてないかもしれないが、俺は志乃原の思考回路が好きだった。

周りの誰もが、自分に無いものを持っている。志乃原には特にそれが顕著だと感じる。

新しい価値観を貰えるのは楽しいことだ。

こんな殊勝な考えを持つこと自体、既に影響されているのだろう。

……俺も少しずつ変わっている。

ボストンバッグのジッパーを閉めて、玄関前に移動する。

当日朝に焦らないように、着ていく私服もベッドの下に置いておかなければいけない。

窓際にある小棚まで歩いて、私服を漁《あさ》る。

数は少ないため、すぐに目当ての服が見つかった。

Tシャツを引っ張り出すと、奥にあった小箱が視界に入った。

この中には、梅雨時に取り出した物が収納されている。

礼奈《れいな》と電話していた後のことだ。

高価な代物なので、別れた時に捨てられなかった。でも今思えば、捨てなくてよかったと思う。

小箱を開けると、エメラルド色の装飾が施されたブレスレットが顔を覗《のぞ》かせた。

電気の光を反射して、幻想的な輝きを瞳に映す。

自分に無いものに惹《ひ》かれる人。

自分と共通したものに惹かれる人。

かつての俺は、後者だった。

俺はブレスレットを暫《しばら》く眺めて、また小箱にしまった。

◇◆◇◆

「礼奈。また今度でいいから、七ヶ月記念買いに行こうぜ」

「七ヶ月？」

礼奈が俺の提案に、目をパチクリさせた。

付き合って七ヶ月が経《た》った後の最初のデート。

手を繋《つな》いで歩きながら、礼奈は小首を傾《かし》げる。

「珍しいね。半年記念お祝いして、まだ一ヶ月しか経ってないのに」

「い、嫌か？」

「嫌がると思う？」

礼奈は眉を八の字にして笑う。

そして前方から近付く集団を避けるため、ショップのガラス張りのショーケースの前で一度立ち止まる。

ファッションショップが軒を連ねる街道。

此処《ここ》では珍しい光景だったが、礼奈はこともなげに言葉を続けた。

「ただ、ちょっと早くてびっくりしただけ。七ヶ月記念でお祝いする人って結構珍しい気がするし」

礼奈はそう言った後、「あっ」と声を漏らす。

「もしかして、悠太《ゆうた》くんが買いたいんだ」

「ぐ……よく分かってんな礼奈……」

「ふふ、最近悠太くんが何考えてるかちょっとだけ分かるようになってきたよ」

七ヶ月目でこれなら、将来何もかも見破られるようになったりしないだろうか。

……このペースならあり得るな。

そう考えていると、礼奈が上機嫌に手を引いた。

引かれるがままに歩き出し、手を握りなおす。

「これからも悠太くんと一緒にいたいな。その気持ちも込めて、買いに行こう」

「上手《うま》いこと纏《まと》めてくれてありがとさん」

「あ、ひどい。本心だもーん」

礼奈は目尻を下げて、空いてる片手をポケットに入れる。

スマホを操作して、再び俺に目をやった。

「映画の予約、キャンセルしておいた。今から行こ？」

「ええ⁉『俺の名は。』は⁉」

当日キャンセルが無料の映画館とはいえ、何処《どこ》も空いていない中やっと見つけたというのに。

　しかし礼奈は、珍しく口を尖《とが》らせた。

「だって今日、七ヶ月に突入してから最初のデートだよ。七ヶ月目の私たちはすぐに終わっちゃうんだから、記念日をお祝いするなら今日買わないとっ」

「う……確かにそう言われてみれば……いやでも……」

「あ、ほら。更新したら、もう席埋まっちゃってる。キャンセル待ちの人がいたんだね」

「退路が絶たれたー！」

　俺は空を仰いで声を上げる。

　礼奈はそんな様子にクスクス笑みを溢《こぼ》して、ふと立ち止まった。

　ファッションショップの一店舗。

　ショーケース越しに、様々なアクセサリーが展示されている。

「ここ……」

　礼奈に釣られて急停止した俺は、「珍しいな」と口角を上げた。

「いつも俺が土壇場で選ぶのに」

「た、確かに。でもこれ、良くない？」

　礼奈が指差す先にあったのは、エメラルド色の装飾がキラリと輝くブレスレット。

　学生の財布では勇気の要る値段だったが、普段より多めのバイト代が入ったばかりなので懐は温かい。

「一つずつ買ってお揃《そろ》いにしたいなぁ」

「もっと見なくていいのか？　結構、いやかなり高いけど」

「うーん。ちょうど私、エメラルド色好きなんだよね」

礼奈はしげしげブレスレットを眺めながら、続けて訊《き》いてくる。

「悠太くん、エメラルドの宝石言葉知ってる？」

「宝石言葉って概念すら知らなかった」

「もー、ロマンがないなぁ」

礼奈は口を尖らせてから、ふわりと頬を緩める。

彼女の柔和な表情は、いつも安心感を与えてくれる。

「愛だよ」

「……愛」

「うん。だからもし将来遠距離になっても、これがあれば心を繋げてくれると思うんだ」

礼奈の横顔が、一瞬だけ曇った気がした。

……何を考えているのだろう。

俺には、その心の内を読むことができない。

だが、礼奈はあえて将来という言葉を使った。俺も将来について考えなかった訳ではない。

　就活や社会人生活、目まぐるしく変化する環境下では、遠距離になる可能性も十二分に存在する。

　憂うような顔をさせるのは、彼氏として許されることではない。

　少しでも安心してくれるなら。

　他でもない俺自身もこのブレスレットに惹かれ始めているから、断る理由もない。

　シルバーが主体となったデザインは、男の俺でも唆《そそ》られる。

　暫くブレスレットを眺めた後、決心して頷《うなず》いた。

「これにするか。何気にお揃いの物って初めてだしな」

「え、ほんとに？　悠太くんは他に見なくて大丈夫なの」

「礼奈のおかげで、俺もエメラルド色が良いなって思った。あんまり見かけない外見だし」

　売り切れないうちに。

　買い物は一期一会だという。学祭で偶然出逢《であ》った俺たちも、似たようなものだ。

　そんな俺たちがお揃いで買うには、今の状況がぴったりだと思ったから。

「今これ買おうぜ。将来の俺たちを繋げてもらうためにさ」

　そう告げると、礼奈は相好を崩した。

　頬《ほお》を染めながら、「ありがと」と呟《つぶや》く。

彼女の嬉《うれ》しそうな表情を見るだけで、彼氏は全て報われるのだ。

「八月の海旅行も、楽しみだね」

付き合ってから、初めての海。

「だな。このブレスレット、海に持って行くか迷うなー」

「さすがに錆《さ》びると思うから、海には入れないけど……私は持って行こうかな。せっかくだし、お洒落《しゃれ》したい」

「やっぱ俺やめとく。無くしたら絶望しそうだし」

「確かに。悠太くんは棚にしまってた方がいいよ」

「フォローを期待してたぜ！」

「ふふっ。残念でした」

礼奈はキュッと手を握って、俺に向き直る。

何の憂いもなく、先々の予定を組んでいる。

これがある種、信頼の証《あかし》。

ポツリと頬に水滴が当たり、俺は空を仰いだ。

まだ梅雨が明けていないこともあり、最近は曇天続き。

だが灰色に染まるこの空も、夏になれば透き通るような青さを見せてくれる。

これからいくつ想《おも》い出を積み重ねていけるのだろう。

俺は旅行に想いを馳《は》せて、礼奈と再び歩き出した。

◇◆◇◆

空は快晴。

風が思い出したかのように熱気を運んでくる八月三日、朝八時半。

夏休みが始まって間もなく、待望のイベントがやってきた。

今日からサークル合同、二泊三日の夏旅行だ。

サークルの旅行は課外学習や先生の見回りもない、ただひたすらに愉《たの》しさを追求した思い出作り。

海水浴場の近くに二泊三日するのは大学生活で初めてという要因も加わって、ガラにもなく首を長くしてこの日が来るのを待っていた。

早朝の七時に彩華《あやか》から『ちゃんと起きてる？』と確認の連絡が入ったが、珍しくすぐに返信したので大いに驚かれた。

何だかその反応が無性に面白くて、俺は思い出し笑いをしながら大学の敷居を跨《また》ぐ。

浮き立つ足取りで集合場所である五号館のロビーに入ると、既に多くのサークル員が集っていた。

その数、恐らく五十人以上。

集合時間まであと三十分残っているが、半数以上揃っているのは皆《み》んな今日という日を楽しみにしていたからに違いない。

各々顔に喜色が表れており、仲良い人たちと固まって喋《しゃべ》っている。

早速俺もいつメンを探そうと視線を巡らせて、すぐに探し当てた。

ソファが四つ横並びに配置され、同じく四つが向かい合って連なっている憩いのスペース。そこに集結しているのは我らがバスケサークル『start』の面々だ。

ソファには志乃原と琴音《ことね》さん、藤堂《とうどう》と大輝《だいき》がそれぞれ隣り合って座り、話に花を咲かせている。

あの状況を鑑みるに、どうやら俺の到着は遅めだったようだ。

近付いていくと早速志乃原と目が合って、後輩は俺に手をブンブン振ってきた。普段なら朝から元気なやつだなんて感想を抱くが、今日の俺は言えた口じゃない。

「せんっぱーい!! こっちですこっち!」

「おーっ」

俺も手を挙げて応えて、歩を進める。

向かう最中、『Green』の人たちからも「おはよーっ」「やっほー」と声を掛けられる。

気さくなサークル員たちに感化されて、俺はまたテンションが上がった。

我ながら朝からこれほど気分が浮き立つのも珍しい。

「先輩、今日起きれたんですね！」

志乃原がニヤニヤして言ってきたので、俺も小さく笑い返した。

「今日遅刻するのはやべーしな。聞いて驚け、七時に起きた！」

「普通です！」

「俺にしては早いんだよなーっ」

やれやれと大袈裟《おおげさ》にかぶりを振ってみせる。すると志乃原の正面に座る藤堂が、肩を揺らして笑った。

「まー遅刻しなくてよかったよ。彩華ちゃんに殺される悠は見たくねーもん」

「大丈夫だ、仮にそうなったら志乃原が身を呈して助けてくれるから」

「何で私が犠牲にならなきゃいけないんですか！」

志乃原がギョッとしたように抗議する。

そのやり取りにコロコロ笑う存在がいた。

四年生の琴音さん。サークルのアイドル的な存在だった、一つ年上の先輩だ。

くりんとした瞳は小動物を彷彿《ほうふつ》とさせる愛らしさがあると同時に、垂れ目からはおっとりした印象を抱かせる。短いブロンド髪を内側にカールさせる髪型で小顔が際立っていた。

一時期大輝と恋仲だと噂《うわさ》になっていたが、「根も葉もないデマだから」と高らかに宣言していたのは記憶に新しい。その現場にいた大輝の空元気もよく覚えている。

琴音さんは『start』の元副代表で、就活を終わらせた六月末からサークルに顔を出すようになっていた。

上級生がサークルを引退する際に開催される追い出しコンパは既に終わっているのだが、高校時代の部活と異なり、引退後の境目は薄い。

本人の希望とサークル員たちの同意があれば旅行にも参加できるので、琴音さんがこの場にいてもあまり違和感はない。

琴音さんはくりくりした目を志乃原に向けて、幸せそうに微笑《ほほえ》んだ。

「真由《まゆ》ちゃんほんと可愛《かわい》い、癒《いや》しだわぁ。私もあと少し生まれるのが遅かったらもっと沢山拝めたのになぁ」

「えへへ、琴音さんに褒められると嬉しいですね」

志乃原は本当に照れたように笑みを浮かべた。

琴音さんは志乃原より背丈が数センチ小さいが、比較するとちょっとだけ大人びた印象を受ける。

もしかしたらこれが就活という関門を乗り越えた証なのかもしれない。

スポーツ刈りを茶色に染めた大輝は、筋肉質な腕をバッと掲げた。

「じゃあ俺も真由ちゃん褒める！」

「ありがとうございまーす」

「対応が違いすぎる！」

大輝の戯《おど》けっぷりに、琴音さんは面白そうに声を上げた。場の温まり具合から、四人は結構な時間を喋っていそうだ。

俺も会話に参加しようと、向かい合った二つのソファの間にあるテーブルに大きな荷物を一旦置いた。

同時に藤堂がソファから腰を上げて、

「悠、俺先に駐車場に行ってくるから点呼お願いしていいか？　十分前くらいになったらさ」

「ああ、おっけー。大変そうなら手伝おうか？」

「いや、一人で行くわ。間違えて駐車場で待機してるやつらがいないか確認するだけだし。いたらお前に連絡するから、それまで適当に仕切っといて」

「はーい任せろ」

俺はこともなげに親指を立てる。

今回の旅行は俺も初めて運営側に携わっているので、これくらいはしなければいけない。

藤堂が赴いたのは大学の裏門から抜けて数分歩いた駐車場。そこには貸切バスが三台待機している。そのため当初は駐車場で集合する予定だったのだが、数日前に五号館ロビーへ変更されたのだ。

運営側としては夏休み中なので駐車場が空いているという算段だったのだが、オープンキャンパスの日程が被《かぶ》っていることが判《わか》り急遽《きゅうきょ》の変更になった。

連絡は皆んなに行き渡っているはずだが、念のためのフォローに向かう藤堂の後ろ姿を眺めていると、何だか背中が大きく感じた。お父さんへの感想みたいだ。

「しっかりサークル代表やってんのぉ」

藤堂の姿が見えなくなると、琴音さんが頼もしそうに口にした。

「オープンキャンパスの時間までまだまだあるんですけどね。十時までに退散したら自由に使っていい許可も下りてたし、心配しすぎだとは思うんですけど」

何気なく返事をした俺に大輝も軽い調子で同意したが、琴音さんは首を横に振る。

「心配するに越したことはないからね、本来のサークル代表ってやつはぁ。立派だよ、立派」

「それは間違いない。あいつは立派です」

俺は素直に頷いた。成り行きで運営側に携わっている俺だったが、抜けようと思えば打ち合わせの段階ですぐに解放されただろう。それにもかかわらずこうして継続しているのは、俺も藤堂や彩華のようになりたいと思ったからだ。

運営側に立つと、二人の凄《すご》さが鮮明に判るようになった。

今までは団体が上手《うま》く回っている状況を運営のお陰だなと何となく思うだけで思考を終えていたけれど、自分が運営側に立った時、快適な環境は当たり前じゃないんだと改めて気付かされた。

仮に俺が運営を主導していたら、スムーズに物事を進められたかは甚だ怪しい。

そんな俺だからこそ、運営に携わる意味がある。

運営といっても参加したのは後半だったのでレクリエーションや部屋割りくらいしか話し合っていないが、俺にとってこの第一歩が大きかった。

何事も重要なのは、この第一歩があるかどうかだと思う。

琴音さんは「恵まれたね」と頷《うなず》いて、志乃原に目をやった。

「そういえばさ、真由ちゃんってどうして二年生からサークルに入ったの？」

琴音さんからの質問に、志乃原は目を輝かせる。……もう嫌な予感しかしない。

「おい――」

しかし俺が釘《くぎ》を刺すのが僅かに遅れてしまい、志乃原は意気揚々と自身がサークルに入った経緯を琴音さんと大輝に説明し始めた。

「先輩からどうしてもってお願いされて！」「サークルに参加した方がいいって先輩から説得されて」など都合よく書き換えられていた記憶を「違うわ！」「してねえ！」と何度

も訂正しているうちに、ポケットがブブッと震えた。

藤堂からか。

そう思ってすぐにスマホを取り出したら、着信画面には礼奈と表示されていた。

『着いた！　悠太くんどこにいるかな？』

俺は立ち上がって、視線をロビー全体に巡らせる。

髪色からすぐに判ると踏んでいたが、どうも見つからない。

「友達来たんで、迎えに行ってきます。志乃原、勝手なこと口走るなよ！」

「先輩酷《ひど》い！　私嘘吐《うそつ》いた経験まだ無いんですから！」

「その発言がもう嘘だろーが！」

そうつっこんでから、ソファ席から離れて自動ドアの方へ向かう。

志乃原たちと再度合流した暁には、誤解を何としても解いてやる。

そう思案しながら自動ドアに着いたが、出入り口には誰もいなかった。

怪訝《けげん》に感じて振り返ると、やっとアッシュグレーの髪色が視界に入った。柱の陰に立っていて、俺が歩いてきた方角からは丁度見えない位置にいたらしい。

「礼奈。こんな隅っこにいたのか」

声を掛けると、礼奈はおもむろに顔を上げた。

「悠太くん」

薄紫の瞳が俺を映す。

ロビーへ出入りするグループや立ち話をする人混みに若干萎縮しているのか、笑顔がどこかぎこちない。

確かにこうして対面すると雰囲気がどこか浮いているが、アウトドアサークル主体の集まりだから無理もない。

そう思っていたら、礼奈はぷくっとむくれた。

「今悠太くん、私が浮いてるって思った」

「あ……当たってないけど遠くもないな」

「あっ酷い！　フォローしてほしかったっ」

「い、いや悪い意味じゃなくて。上品な佇《たたず》まいが珍しいから目を惹《ひ》くっていうか」

「むむ」

礼奈は口を尖《とが》らせる。

俺が慌てて胸元で両手を合わせると、礼奈は「仕方ないなあ」と笑ってくれた。目尻が下がって、柔和な微笑み。

冗談だと互いが解《わか》っているやり取りに、俺は少し安堵《あんど》した。

礼奈はくるりと俺に背を向けて、辺りをしげしげと見渡した。

「でも、こんなに多いと思ってなかったな。顔見知りが何人かいるかなって思ったけど、あんまり見つけられないや」

「へえ、結構何人もいるんだな。新歓で知り合った人たちか？」

「うん、そこで知り合った人たちがいるはず。さっきも何人か見かけたし」

礼奈の視線の先には、和やかに談笑しているグループが二つ。俺も同じように眺めていると、礼奈からクイッと袖を引かれた。

「ん？」

「私、那月《なつき》がいるところで遊んでるけど。たまに喋《しゃべ》ろうね」

俺は目をパチクリさせる。

「当たり前だろ。ずっと一緒って訳にはいかないけど、旅行だし時間は沢山あるぜ」

「うん、ありがと。じゃあ今から那月のところに行ってくるから」

「分かった。あいつさっき階段付近にいたし、そこまでは連行だ」

「やった」

そう言って、那月がいる階段に人混みをかき分けて歩く。礼奈はどちらのサークルにも属していないため、物珍しげな視線を浴びるかもしれないと思っていたが杞憂《きゆう》だった。

考えてみれば当然で、二つのサークルが合同なのだ。人数も多いし、覚えのない人間がいても全く気にならないだろう。

「礼奈さーん！　この前電話ありがとうございました、楽しかったです！」

弾《はじ》けるような声が礼奈を呼んだ。

志乃原がこちらにブンブン手を振っている。

「懐かれてんなぁ」

礼奈はこくりと頷いて、志乃原に手を振って応えた。

その仕草は些《いささ》か控えめで、心なしか表情は堅い。

違和感を覚えたが、那月の元へ辿《たど》り着くと同時に霧散した。

「那月ーっ」

礼奈の声に反応したのは、那月を含めた四人グループ。

那月以外はあまり喋ったためしのない女子たちだったので普段なら多少気遅れする状況だったが、旅行で気分が上がっているのもあって平気だった。

那月は俺たちの姿を見ると、すぐに顔を綻ばせる。

「あー、いらっしゃい礼奈！　ついでに悠太！」

「俺はついでか！」

「礼奈に比べたらね。皆《み》んな、仲良くしてあげて～」

那月のいつメンなのか、皆んなどこか独特の雰囲気がある。アウトドアサークルにしては珍しく大人しそうなグループで、礼奈も馴染《なじ》みやすそうだ。

礼奈は「よろしく～」と、気さくに挨拶を交わしながら輪の中へあっさり入った。

彩華や志乃原ほどではないかもしれないが、礼奈も意外とコミュ力が高い。

しかし思い返せば、元々ミスコンに参加しようとするくらいの行動力を持ち合わせているのだ。……きっとまだ知らない部分もあるのだろう。今更ながらにそう感じた。

そんなことを考えていると、グループ内の一人が礼奈にハイタッチを求めた。

「いえい礼奈、よく来たね！」

声を掛けられた礼奈は、目を見開いた。

「あ……佳代子《かよこ》？　どうして此処《ここ》に──」

佳代子と呼ばれた学生は、期待した反応を得られなかったらしく口を尖らせた。

「どうしてって、那月に誘われたんだもん。共学のサークル旅行について行けるなんてラッキーすぎるし、断る理由ないよね」

佳代子さんはそう言うと、俺に目を向けた。

ベリーショートの金髪女子だ。カジュアルな格好で、オーバーサイズの服に身を包んでいる。階段の手摺《てす》りに腰を掛けている体勢が随分サマになっていた。

視線が交差して暫《しばら》く佳代子さんは怪訝な顔をしていたが、やがて弾けるように腰を浮かせた。

「あれ？　ねえ、君どこかで──」

言いかけた時、礼奈が俺の前に立った。

一見自然な挙動だったが、礼奈の性格を知っている俺からすれば違和感を覚えてしまう。佳代子さんとのやり取りを遮ったように思えてしまったのだ。

礼奈の後頭部越しに見える那月も同様の印象を受けたらしく、小首を傾《かし》げてキョトンとしていた。

「ね、悠太くん」

礼奈がくるりと振り返る。

その際アッシュグレーの髪が舞って、鼻先を掠《かす》めてくしゃみをしそうになるが、何とか堪《こら》えた。いやそんなことよりも。

「どうした？」

「真由ちゃんがさっき呼んでたよ。ここにくる途中にジェスチャーされてた」

礼奈は口元に弧を描きながら、そう告げた。

小さく揺れる薄紫色の瞳が、戸惑いの表情を浮かべる俺を映していた。

――十中八九、今のは虚言だ。

しかし礼奈は理由もなく嘘を吐くような人間じゃない。

嘘をこの場で吐かなければいけない理由があるのだとしたら、言われた通り離れた方が賢明だろう。

「じゃ、俺行くわ」

「うん。海楽しもうね」

「おう。じゃ、また」

礼奈は申し訳なさそうな笑みを浮かべながら、コクリと頷いた。

踵《きびす》を返す直前に那月と目が合って、パチリとウインクされる。そのウインクで「礼奈は任せて」と言われたような気がした。

俺は背中にいくつかの視線を感じながら、今しがたの出来事について思案する。

礼奈は佳代子さんと対面した直後、予想外の邂逅《かいこう》に戸惑っているような気がした。

……もしかしたら二人は気まずい関係だったのか？　いや、でも那月がいるからあの場は大丈夫のはずだ。

「なーにシケた顔してんのよっ」

お尻に小さな衝撃を受けて、俺は「いでぇ！」と声を上げた。

後ろを向いたら、彩華がジト目をして俺を見上げている。

「おはよ。今日珍しく早起きしてたわね」

「おうよ、偉いだろ」

「はいはい。で、あんたもう点呼取ってくれたの？」

「え？」

俺は目を瞬かせた。彩華は眉を顰《ひそ》めてから、大きく息を吐く。

「あんたねぇ。藤堂君から頼まれてたんじゃないの？　『start』の管理は藤堂君とあんたに任せてるんだから、頼むわよ」

その言葉で俺はようやく藤堂からの指示を思い出した。

「やべぇ！　全然取ってねぇ！」

「もー。まだ時間あるから良かったけど」

時計を見たら校舎から出るまで残り十五分。今から点呼をすれば、まだ余裕を持って駐車場へ向かえる段階だ。

「危なかった……じゃあちょっと皆んないるところに戻るわ」

「ちょい」

歩き出した瞬間、袖を引かれる。

「ん？」

「あんた、礼奈さんとはこれから別行動なの？　一緒にいてあげなくて大丈夫なの」

「大丈夫、今は那月のグループにいるし。むしろ俺がいたら邪魔になりそうだったわ。あと単純に女子四人のグループに入るのがハードル高い」

「まあ……そうね。藤堂君とかいるなら話は別でしょうけど」

「あれ、今存在を軽んじられた気がした」

「藤堂君の方が人気なのは当然じゃない。別に軽んじてはないわよ」

「そうなんだけど！　そうなんですけど！」

欲しい言葉が貰《もら》えず地団駄を踏む俺に、彩華は呆《あき》れたように笑う。

「ばかね。私は――」

言いかけて、口を噤《つぐ》んだ。

「私は？」

「……な、なんでもない」

「何でだよ、気になるだろ」

「知らない。なんでもない。ほら点呼！」

彩華はぐいぐい俺の背中を押して、俺は抵抗しながらもソファスペースへ進んでいく。

『start』のメンバーが集まる場所に辿り着くと、彩華は身を翻して何処《どこ》かへ行ってしまった。

背中に感じる温《ぬく》もりが、まだ色濃く残っていた。

# 第7話　月見里《やまなし》那月《なつき》

新歓シーズンである四月中旬には、既に二大アウトドアサークルが人気だという話が一年生の間で広まっていた。

数あるサークルの中で最大規模と評されるのが『Green』と『オーシャン』。

このどちらかに入会すれば、華やかなキャンパスライフが約束されたも同然らしい。

それ程人気なら根の陰気な性格も矯正できるかもしれないと考えて、どちらかにエントリーシートを出すことに決めた。

——名前の由来を推測するに、山と海かな？

水着を見られるのは恥ずかしいし『Green』にしよう。

そんな安直な思考回路で、私は『Green』の新歓に礼奈《れいな》を誘った。一人で行動する勇気がなかったからだ。

「サークルに選考があるって凄《すご》いなぁ。面接とかあるのかな？」

礼奈が珍しく声を弾ませている。

大学生になって二週間、私たちは敷地内にあるカフェに初めて訪れていた。高校生の頃はチェーン店が主だったけど、大学生になったらインスタで流れてくるようなお洒落《しゃれ》なカフェを沢山発掘できる。でもまさか、大学内にあるカフェも洒落てるなんて思いもしなかった。

インスタで目にするような内装ではないものの、メニュー表には他と一線を画すものが並んでいる。

礼奈の気持ちが伝染して、私もガラにもなく興奮していた。

「このメニューたちもさ、さすが大学って感じ。私たち受験乗り越えたんだもん、面接の方が絶対簡単だって！」

「ふふ、確かに。那月《なつき》に言われたら自信つくなー。一緒のサークルに入れたら楽しいだろうね」

高三の時、志望校が違うと気付いた時は正直がっくりきた。

でもこうしてサークルだけでも一緒になれるならそれも楽しいかもしれない。私も女子大には興味があったし、礼奈がいたら見学だって容易にできる。

「礼奈は女子大どんな感じ？　楽しめそう？」

私がウキウキしながら訊《き》くと、礼奈は今日初めて表情を曇らせた。

「うーん……落ち着けそうって印象かな？　やっぱり男の子がいないのは、ちょっと寂しいかも」

　私はその発言に、思わず吹き出した。

　傍《はた》からでは、男好きのような発言にも聞こえるかもしれない。

　でも高校で三年間親友をやってきた私は、礼奈の本心を察することができる。

「もう、なんで笑うのーっ」

「ごめんごめん、いや、分かってるの」

　礼奈は自分に無いものを持っている人を好む。

　勿論《もちろん》人間誰しもがその傾向にあると思うけど、礼奈はそれが顕著だと思っていた。本人に自覚があるかは分からないけど、裏で女子の顔ランキングを作っている男子に対して「可愛《かわい》い」なんて感想を持っていた時は驚いたものだ。

「じゃあ、女子大には新しい発見はなさそう？」

　私が訊くと、礼奈は苦笑いした。

「どうかなあ。何だか、悪い発見しちゃいそうで怖いなぁ」

「ドロドロな案件とか？　男子がいなくても、そういうのってあるものなの？」

「まだ分からないけど。内部進学の人たちが、お嬢様って感じでさ。所作一つ一つを観察されてる雰囲気があって、ちょっと息が詰まっちゃう」

「うわぁ……私なら無理だわ」

「ちょっと、慰めてよー。でも住めば都になる気もしてるんだよね」

礼奈はエントリーシートを書きながら憂うような、そして同時に期待するような声色で言った。新生活を不安に感じつつも楽しみにするのは、きっと万人共通だ。

サークルという居場所を確保できたら、良い意味で割り切れる。礼奈のキャンパスライフに相乗効果が見込めると思うし、このサークルにはきっちり受かりたい。

「那月がぼーっとしてる」

「あ、いや……佳代子《かよこ》が心配だなーと思って。主に周りがだけど。礼奈、ちゃんと佳代子の手綱握ってあげなね」

「私じゃ厳しいよぉ……」

「あの時みたいにすればいいじゃん」

私は軽い調子でそう言った。

佳代子は悪気なく縦横無尽に場を掻《か》き回す。

ザ・陽気キャラで、その内面には私にはない胆力と友達への愛が両立している。

でも愛がいきすぎて、一度礼奈を怒らせたことがあった。

その際に礼奈が「友達やめる」と宣《のたま》った時から、佳代子の中で礼奈は最も怒らせてはいけない存在になった。あの真顔は当事者ではない私ですら悪いことをした気持ちになったから、普段温厚な人を怒らせると怖いというのは本当だったと感心した記憶がある。

礼奈もその時のことを思い出したのか、ちょっとだけ口を尖《とが》らせた。

「あれは佳代子が悪いもん。文化祭で無理矢理《むりやり》変な服着せようとするなんて、しかも私が学校休んでる時に話進めてるんだよ？」

「うんうん、でも友達やめるって言うのはあの子に効いたよ。私が言っても本気にされないし、あれは礼奈だけの武器だね」

「武器にするつもりなんてないよ。佳代子もそういうことはもうしないって約束してくれたし」

「約束させたの間違いでしょ？　意外と怖いところあるんだから〜」

礼奈が頰《ほお》を膨らませて、私の二の腕を摘《つま》む。最近随分肉付きがよくなってきてしまった自覚があったので、「うわっ」と避《よ》けた。

「今太ってるから、それ禁止！」

「え、そんなことないよ。細くて羨ましい」

その言葉に、私も頰を膨らませた。高校時代に、約束していた事が一つあったから。

「ねえ、約束。私の前では建前使わないでって」

女子同士の会話では、建前を使うのは避けられない。人間関係を円滑に進めていくには使った方が良いのは明白。

でも、親しい間柄ではナシだ。

かつて私と礼奈は、それを誓い合っていた。だからこうして親友という関係が続いている。

私の言葉で約束を意識したのか、礼奈は素直に頷《うなず》いた。

「そうだった。那月、ちょっと太ったよ。ラーメン食べすぎた？」

「はぁぁぁこのクソあまがぁぁぁ！」

自分でびっくりするくらいの汚い言葉が口から飛び出て、礼奈の胸をガシリと掴《つか》む。柔らかい感覚を堪能すると、礼奈が「や、やめっ、ごめんなさい！」と降参のポーズを取った。私も我に返って礼奈から離れる。

テーブルを挟んで、ソファ席。仕切りもあって尚且《なおか》つ店内の角にあることから誰にも見られていないけれど、ちょっと羽目を外してしまった。

「へ、変態」

礼奈が胸を押さえてジト目で見てくる。

私が男だったらイチコロだろうな。男だったら付き合う前にこんなことできないけど。

——手に柔らかい感覚。

「うわっ」という驚いた声。

揺られる身体《からだ》、痺《しび》れた腰、窓から聞こえるゴオゴオという走行音——

「ん？」

瞼《まぶた》を開けると、まず視界に入ったのは座席からちょっとはみ出た後頭部。

そして次に、隣に座る礼奈だ。頬を引き攣《つ》らせてこちらを凝視している。

「そっか、旅行中だ」

私の口から呆《ほう》けたような声が出た。

『Green』とバスケサークルの合同旅行。二泊三日の旅はまだ始まったばかりだというのに、爆睡してしまっていた。

「那月、寝ぼけてる？」

「ちょっとね。昔の夢見てた」

「ふうん。胸触りたくなるなんて変な夢だね」

「あはは、ごめん。でも見て、私痩せたでしょ」

そう言って、自分の腕を礼奈の膝に置いた。一年生の頃よりも絞られた二の腕。

この旅行のためにダイエットを頑張ったのだ。このサークルに目当ての男子がいる訳じゃないけど、これは女子としてのプライドと、純粋な愉《たの》しみ。水着姿になる時は、ベストの体型でありたいという願い。

礼奈も口元を緩めて、私の二の腕をぷにっと摘んだ。

「ほんとだ。触ってない間に随分変わった」

「でしょ！　礼奈はどう？」

「私も頑張ってるよ」

「う……まるで最近ずっと努力を継続してたかのような言葉……」

「してたよ？」

「肯定された……でもさすがだよ礼奈、これなら男子はイチコロだよ」

私は礼奈の胸にあからさまな視線を送る。

視界の隅で流れる景色のスピードが急激に遅くなり、高速道路から抜け出す道に入ったのが判《わか》った。

「皆《み》んなー、あと十分くらいで着くからね！」

一番前の席から、彩ちゃんの号令が掛かる。

各々会話やゲームに勤《いそ》しんでいたサークル員たちが、一斉に「おー！」と答えた。

私も一応腕を掲げて見せた後、礼奈に向き直る。

礼奈は普段通りおっとりした表情を浮かべながら、呟《つぶや》いた。

「イチコロかぁ」

その声色で、礼奈の中にまだあの人が色濃く存在しているのが伝わってきた。

当然、知ってる。礼奈が未《いま》だあの人を想《おも》っていることくらい、隣にいたら一瞬で判る。

でも私は、そのことにいつも言及していなかった。

礼奈が自分で出した答えなら、私はそれを尊重する。礼奈が「私、浮気してないから」と言った時も、私はその主張の正当性を全て無視して味方した。これが親友として正しいことなのかは分からない。でも、私は礼奈の味方であり続けたいから。

「そうなればいいね」

私はそう小さな返事をした。

すると前の座席から、金髪の頭がひょこりとこちらを覗《のぞ》いた。

吉木《よしき》佳代子。

私たちと同じ高校出身で、大学生になってからは髪を明るい金に染めてギャルのような容姿。私たち二人と違って社交性の塊みたいな人で、このバスの中で『Green』の人たちと既に打ち解けていた。私は丸々一年の月日を要したのにだ。

まあ、私にとって元々合わない環境だったから仕方ないけど。

それを克服したおかげで、最近は随分人と喋《しゃべ》るのが楽しくなった。何事も環境を変えたら、どう作用するか分からない。『Green』というサークルへ入る行動がプラスに働いてくれて良かったと思う。

本当は礼奈も一緒に入ってくれたら最高だった。新歓の時、当時三年生だった先輩同士が顔選考の話をしているのを聞いて、礼奈はエントリーを辞退してしまった。

高校生が顔ランキングを作っているのと何が違うんだろうと思ったけど、利害が絡むとダメらしい。

でも、私がそれを告げられたのはサークルへの入会が決まった後。「何で先に伝えてくれなかったの」という問いに礼奈は答えた。「自分を変えたいって、前に言ってたから。荒療治になっても、変われると思うよ」。その後「嫌なら辞めたらいいしね」と付言して。

礼奈がこの旅行に参加したのは、この『Green』の内情が樹《たつき》さんや彩ちゃんの影響で大きく変化したというのも理由に含まれると思う。でもそれだけではないな、とも何となく直感していた。

「佳代子、瑞希《みずき》さんはどうしたの？」

佳代子の隣に座っているはずの人の名前が出て、私は意識を場に戻す。佳代子は礼奈の問いに、仰々しくかぶりを振った。

「寝たわー。もうすぐ着くのに、寸前で一人にされちゃった」

「佳代子が疲れさせたんだよ」

「那月の言う通りかもしれないから、ちゃんと後でお礼言おうね」

「あんたら保護者か！」

佳代子は私たちにつっこんで、礼奈に目をやった。

「それで、さっきの何の話？」

「え？」

礼奈の短い返事には、僅かに焦りの色があった。恐らく悠太《ゆうた》のことを佳代子に伝えていないのだろう。

でも佳代子も、礼奈が彼氏と別れた話までは知っている。今しがたの会話が聞かれていたとしたら、察してもおかしくない。

……悠太をフォローする意味も込めて、話を逸《そ》らすのが吉かな。

私はそう思案しながら、口を開いた。

「礼奈の水着で男子も喜ぶかなって。佳代子はどんな水着買ってきたの？」

「私ー？　勿論《もちろん》際どいやつだよ！」

「そういうのは控えてって誘った時言ったよね⁉」

思わぬ返答に、私は頭を抱える。

周囲には私の招待だと一目瞭然な状態なのだから、佳代子の暴走に困るのは私だ。

「あはは、冗談だよ。那月に招待されてる立場だしね、普通の水着を持ってきました」

佳代子はあっけらかんと答えて、肩を竦《すく》めた。

厳密には悠太のサークル枠として参加する体裁なのだけど、伝える必要はない。

彼が礼奈の元カレである事実はなるべく隠した方がいい。

かつて私が礼奈を想ってギクシャクしてしまったみたいになってもおかしくないし、そうなれば礼奈が嫌な気持ちになるのは必至だからだ。

でも、佳代子は悠太の顔すら知らない。それは会話の節々から判っているし、露見する心配も皆無だと思ったからこの旅行に誘ったのだ。

……でも礼奈が不安げな表情をしているのが妙に気になってしまう。

佳代子が再度瑞希と喋り始めたのを確認してから、私は礼奈に小声で訊《き》いた。

「礼奈。もしかして佳代子……もう既に悠太と面識あったりする？」

礼奈は分かりやすく口を結んでから、深く息を吐いた。

「……ほんの一瞬だけ会っちゃったかも。その……別れてから、初めての時に」

あんぐり口を開けた。

それって一番最悪のタイミングだ。二人の溝が最も深かった時に遭遇していたなんて。

「ご……ごめん。私、絶対面識ないかと。事前に礼奈に連絡しておけば……」

サプライズのつもりが、まったくの逆に働いてしまった。

「ううん、那月が喜ばせようとしてくれたのは分かるもん」

礼奈は眉を八の字にして笑う。

そして、窓の方に目をやって呟いた。

「多分……覚えてないと思うんだよなぁ」

緩やかに流れる景色は古びた建物や緑の木々。都会の喧騒《けんそう》から遥《はる》か離れた場所を眺めながら、礼奈は小さく息を吐く。

憂うような溜息《ためいき》ではなかった。

何かを決断する際、憂いを外に捨て置くような息だった。

「礼奈、今何考えてる？」

太陽の光がキラリと差し込んで、眼鏡の縁に反射する。

礼奈の瞳がほんの一瞬揺れたように見えた。

バスがぐるりと半回転し、バックをし始める。古びた街並みの中に聳《そび》え立つ、十数階建のホテル。エントランス前に停車したバスから、皆んなゾロゾロと降りて行く。

「那月、礼奈、先降りとくね！」

佳代子の溌剌《はつらつ》とした声がして、私は手を振って応える。

視線を戻した時、礼奈は普段通り柔和な微笑《ほほえ》みを湛《たた》えて言った。

「海、楽しみだね」

「──そうだね」

私も笑って、席を立つ。狭苦しい通路を歩きながら、背中についてくる礼奈に思った。

誤魔化《ごまか》し方、下手なんだから。

# 第8話　水着

黄金色の砂浜が辺り一面に広がっている。

青海原は陽光を反射させてキラキラ光り、水天一碧《いっぺき》の光景が見える。

潮風がビュッと吹いて、俺は思わず目を瞑《つぶ》った。

再び瞼を開いた時には、先程の水平線の彼方《かなた》まで見渡せようという景色は視認できなくなっていた。

コンクリートの道沿いには海の家が軒を連ねており、集合場所はその一隅に位置する『力《りき》』だ。

正午、最も日差しが強まる時間帯。『Green』の人たちはまだ散開していないようだが、もしかしたらこの日差しを避けたい意図もあるのかもしれない。

——いや、それはないか。

サンダルで小石を道の脇に蹴り転がしながら、俺は思い直した。せっかくの海なのだから、皆んないち早くこの浜辺を走り回りたいはずだ。恐らく人数の点呼や、昼食に時間を要しているに違いない。

俺はいくらか胸がすっきりすると、大きく息を吸った。

普段感じることのできない潮の香りが鼻腔《びこう》を擽《くすぐ》り、肺をぐるぐる循環する。

県境に位置するこの砂浜は、規模こそ大きいものの、リゾート地と比較すると知名度が低いためか海水浴客が都会ほど多くない。

それなのに海の家は豊富に軒を連ねていたり、すぐ傍《そば》には芝生が広がる海浜公園があったりと充実している。

『Green』の案内がなければ見つけられなかった場所だから、感謝しなければいけない。

ホテルへのチェックインも済ませて、今の俺は海パン姿だ。

肌がじりじり焼けるようだが、この格好になるとその感覚が心地良い。

身体《からだ》が早くあの大海原へ入りたいとウズウズしている。

「まだかー」

思わずそう呟いた。

お昼時というのもあって、他の海水浴客も昼食を求めて海から上がってきている。

辺りが丁度空《す》き始める時間帯。正直待ち人が来る一足先に砂浜へ駆け出したかったが、ぐっと堪《こら》えた。そんな現場を見られたら、後で何を言われるか分かったものじゃない。

待ち人に連絡を取ろうとポケットを弄《まさぐ》ったが、スマホが手元に無いことを失念していた。

海にいるのだから当たり前なのだが、少なくとも数時間はデジタルの世界から隔離される。

潮風がまた吹いて、俺は口元を緩めた。

……スマホが手元にないのは、どういう訳か悪くない気分だな。

そう思った時だった。

「悠太《ゆうた》先輩っ」

海に似合う溌剌とした声色が、俺の名前を象《かたど》った。

「やっと来たか志乃原《しのはら》――」

――ビキニ。

単細胞みたいな感想が脳裏に過《よぎ》った。

だが俺も男だ。今年初見の水着姿がこんな容姿端麗な後輩だと、たった三文字の感想に支配されてもおかしくない。

志乃原のビキニは濃いめのピンク色だった。

胸下とパンツ上の部分に黒い線が一本入ることで、妖艶な雰囲気が一段階上がっている。

黒線は肩のストラップフリルにも差し込まれていて、志乃原が動く度にふりふり揺れた。

それが何だか「間違っても子供じゃないぞ」と主張しているようで、少し微笑ましい。

とはいえ、これまでのどの志乃原よりも露出している肌の面積は大きい。

ビキニが隠す部分は至って一般的な面積なのだが、日頃の私服姿や部屋着姿をすっかり見慣れた俺にとって、露《あら》わになったくびれや胸元は些《いささ》か刺激的に映った。

室内で見たら下着姿と殆《ほとん》ど変わらない外見だというのに、海ではこの姿こそが女子の正装。

改めて志乃原の水着姿を眺めていたら、よく今まで邪《よこしま》な行為に及ばなかったなと自分を褒めてやりたくなる。

特に最初に家へ突撃してきた時や、添い寝をした日。

……あの時、肌の大部分が隠されていて本当に良かった。

「えへへー。見惚《みと》れちゃいました？」

志乃原がニヤニヤして俺に上目遣いを寄越《よこ》す。

「ぐ……」

思い通りの返事をするのは癪《しゃく》だったが、志乃原の頬《ほお》に赤みが帯びているのが見える。俺は仕方なく口を開いた。

どの道、中途半端な感想を伝えても「やり直し！」と言って聞かないだろうから。

「まあ、その、なんだ。……可愛《かわい》いし、綺麗《きれい》だ」

「ふぇ」

志乃原の口から気の抜けるような声が漏れた。

ボンッという音が聞こえたみたいだ。

上目遣いもどこへやら、目を何度も瞬かせている。

「あ……ありがとうございます」

「お……おう」

「……先輩、こういう時に面と向かって褒めてくれるところ、すごい良いですね。何というか、ドキドキします。あれ」

志乃原は自分で何を口走っているかを見失ったように、口をモゴモゴ動かした。

……そんな恥じらいの面持ちで俯《うつむ》かれては、俺も対応に困ってしまう。

「い、いやそれよりもさ。皆《みん》などこにいるんだろうな」

話題を変えて、俺は志乃原から目を逸《そ》らした。

意識しないようにしていたが、初《しょ》っ端《ぱな》から二人きりではそれが難しい。志乃原を直視していたら、視線が顔から首へ、首元から胸へ——本能の赴くままに泳いでしまいそうだ。

そうなって指摘されないうちに、皆んなと合流しておきたい。

しかし、志乃原は熱っぽい声色で答えた。

「皆んなまだ端っこじゃないですかね。例えるなら日本とブラジルですよ」

「そうだった……」

「何で嫌そうなんですか⁉」

「嫌って訳じゃなくてだな！」

志乃原と二人きりになるのは、あくまで一時的に過ぎない。ここから俺たちは、海の家で皆んなの分の昼食を購入して、後ほど『start』のメンバーと合流する約束になっている。

一見かき氷と焼きそばしか売っていないように思えるが、海の家は二十軒以上も立ち並んでいるので中には目新しい食べ物も売っているだろう。

海の家が並んでいるコンクリート道は長さ五百メートルと長大なので、俺と志乃原を含めた四人のメンバーが二組に分かれて昼食を購入していき、集合場所は海水浴場からほんの少し離れた海浜公園。

芝生の上にレジャーシートを広げて食べるという、海へ来たのにピクニックのような楽しみ方だ。

コンクリート道の真ん中に公園へ続く道があり、東側を担当している俺たちはなるべく早くそこへ向かわなければいけない。

「先輩先輩っ」

「んだよ」

「先輩も水着似合ってますね！」

「男に似合うとかあるか？」

「ありますよ。だって普段見られない格好なわけですし！」

「そうか？　お前結構俺のパンツ姿見てんじゃん」

週三ペースで家に通っているのも原因となり、恐らく三、四回は見られたはずだ。男のそれは減るものでもないので、一向に構わないのだが。

志乃原もその記憶を想起したのか、息を吐いた。

「それはそうなんですが、よく自分で言えますね……まあもう先輩の言動にも慣れましたけど……」

「おい、俺が変わってるみたいな言い方やめろ！」

「そう言ったんですよ！　このやり取り、なんかいつもと逆じゃないですか？　分かった、先輩海だからテンション上がってるんだ！　可愛いな〜もう」

「よし行くか」

「せめて反応くらいしてほしいですー！」

スタスタ歩く俺に、志乃原は抗議の声を上げながらついてきた。

肩のフリルが視界の隅で揺れ動く。気を抜いたら、まるで引力があるかのように視線が志乃原の方へと泳いでしまう。

すると、志乃原が俺の腕をガシリと摑《つか》んだ。

それから火傷《やけど》したかのようにすぐ放して、両手を握った。

「なんだよ」

「いえ、その。今から藤堂《とうどう》さんの指示でお昼ご飯を買う訳ですけど……このビーチを前に、それってちょっと残酷だなと思いまして」

……正直、俺も激しく同意だった。

確かに長時間バスに揺られている間なにも食べていなかったおかげで、お腹《なか》は背中にくっつきそうなくらい空いている。しかし、このまま大海原へ駆け出したい気持ちはその食欲すらも凌駕《りょうが》してしまっていた。

「……髪が濡《ぬ》れたらバレると思いますけど、身体はギリギリ大丈夫だと思いませんか？」

「……どうだろうな。試してみるか？」

俺の返事に、志乃原は目を輝かせた。

「赤信号、二人で渡れば怖くない！」

「行くぜ！」

「いえーい！」

志乃原とサンダルを脱ぎ、コンクリートの地面を蹴った。

砂浜は陽光を吸収して熱くなっている。踏み出しても身体が不規則に沈むため、どうしようもなく走りづらい。

だが、潮の香りが近付いている。

波の音が近付いている。

それだけで身体にはどうしようもないくらいの力が湧いてくる。

斜め後ろから、志乃原が溌剌《はつらつ》と言葉を放つ。

「先輩、絶対飛び込んじゃダメですよ！」

「当たり前だろ！」

乾いた砂浜から、湿った砂浜へ。

青い海を踏み抜いてから、俺は志乃原に向き直る。

小悪魔な後輩が満面の笑みで、両手で掬《すく》った潮水をかけてきた。

◇
◆

ひと足先に海に入ってから、恐らく十分ほど経《た》った。

俺たちはコンクリートの道を再び歩いている。ひとしきり水をかけ合った俺たちは、髪もかなり濡れていた。

手に一杯のビニール袋を抱えて、志乃原は大袈裟《おおげさ》にかぶりを振った。

「髪濡れちゃいましたよ先輩。どうしましょう」

「お前からかけてきたんだろ！」

「先輩の髪はすぐ乾くじゃないですか、短いし！　私絶対バレるんですけど、何て言い訳しよう」

志乃原は盛大に溜息《ためいき》を吐《つ》いた。一時のテンションで水の掛け合いに興じてしまったのを後悔しているようだ。皆んな気にしないと思うが、『start』に入って日の浅い志乃原の立場からすれば多少気まずいのかもしれない。

「大丈夫だよ、バレても皆んな笑うだけだ。からかわれるかもしれないけど」

「うう……私のお淑《しと》やかキャラが……」

俺は「そんなものは最初から浸透してないぞ」と言いたかったが、止《や》めておいた。俺の分の荷物も持ってくれている後輩に言えることじゃない。

何せ防水財布の中がすっからかんになるほど昼食を買ってしまったのだ。焼きそばや唐揚げなどは勿論《もちろん》、たこ焼き、イカ焼き、鯖《さば》の甘辛煮込みや大量のフライドポテト。中にはクレープやチョコバナナまである。

その半分を引き受けてくれた志乃原は、ビニール袋を胸元に押し付けることで何とかバランスを保っていた。

「それにしても、結構密着しちゃって……皆さんに申し訳ないです」

「大丈夫。男は喜ぶ」

「へ、変態だ！」

「もっと褒めろ」

「褒め言葉じゃないですよ！」

志乃原はプイと横を向いた。

それから改めて荷物の重量を認識したのか、口を尖《とが》らせる。

「ていうか先輩。これ、絶対買い過ぎましたよね。藤堂さんが言ってたのって〝目ぼしいものをいくつか〟だったと思うんですよ」

「いやいや、買い出し部隊は俺ら含めて二組しかいないんだぜ？　三十人分って考えたらこれくらいが妥当だろ」

一組あたり十五人分の食料となれば、相応の量を買わなければいけない。

しかし、志乃原は俺の主張に合点がいったというように溜息を吐いた。

「ああ、だからですか……。先輩、此処《ここ》にいる買い出し部隊は二組ですけど、それは海の家に行く部隊です。無難な食べ物は別途用意するって、藤堂さん言ってましたよ」

「え⁉　なにそれ聞いてないんだけど！」

衝撃の事実に思わず大きな声を出した。

一応運営の立場だというのに、どうして知らされていないんだ。志乃原は哀れみの目をしている。

「近くにスーパーや、少し離れたところに他にも海の家はあるんですよ。半分はそこで買い出し、もう半分は場所取りや諸々《もろもろ》の準備。ビーチを目の前に海の家で買い出しするのは、私たちと大輝《だいき》さん、琴音《ことね》さんだけです」

「なん……だと……」

確かに、海の家を回りながら疑問には思っていた。テイクアウトをやっていないところもある中で、たった二組で三十人分の食料を集めるのは骨が折れるのではないかと。

志乃原と手分けをして買い出ししていたが、結局腹持ちのよさそうなメニューは複数購入する羽目になった。

その行動が完全に裏目に出てしまったようだ。

気付いた頃には手に一杯の荷物。志乃原は俺からいくつか引き受けて持ってくれたが、その重さに度肝を抜かしたのだった。

ちなみに志乃原が購入したのはクレープだけだ。

「私たちがこんなに買ってたら、皆《み》んな食べきれないかもです。特に女子は食べたくないと思いますよ、今水着なんですから」

「だって聞いてなかったし……俺ら二組だけで揃《そろ》えるもんだと思ってたから」

これから藤堂や大輝は水を得た魚のように俺をからかい、そして琴音さんを始めとした女子たちはブーイングを送ってくるのだろう。

……かくなる上は、自腹で払うと謝り倒して乗り切るしかない。

そう思っていたら、志乃原がはたと立ち止まった。

「あっ、やばい。そういえばあの時先輩はお手洗いに行ってたような」

「……おい。まさか」

「私、それを伝えますって自分から言ってたような。藤堂さんから、伝言頼まれてたような……気がします」

　志乃原は恐る恐る俺の方を向いて、ペロリと舌を出した。

「てへっ」

「よし全部志乃原のせいだって告発する」

「先輩ごめんなさい一緒に謝ってくださいい私まだ入って日が浅いんですよ助けてくださ い!」

「息継ぎしろ怖いんだよ! 分かったから!」

　海浜公園へ続く道はもう目の前だ。皆んなの元へ辿《たど》り着く前に、どう謝るかを決めておきたい。

　志乃原は一旦荷物の一部を置いて、肩をくるりと回した。

　俺は両手にぶら下げた焼きそばやたこ焼きを見ながら思考を巡らせる。

「なにやってんのよあんたら」

　凛《りん》とした声に、俺と志乃原は声の方向へ同時に視線を投げた。

　真っ先に目についたのはサングラス、水色のパーカー。

　僅かに確認できる瞳からすぐに誰かが分かった。

「彩華《あやか》、なんでここに」

「あら、随分なご挨拶ね」

彩華はサングラスを取って、肩を竦《すく》めた。

その仕草がサマになっていて、芸能人みたいだなという感想を抱く。

オーバーサイズのパーカーを羽織ってジッパーを上げ切っている彩華は、首元からサングラスをぶら下げた。

見たところ梅雨時に見たパーカー姿よりは露出度が低い。

だがしかし、太ももは——

「どこ見てるんですか！」

「うおっ！」

後ろから志乃原が俺の目を両手でガバッと隠した。

乱暴で目が潰れるかと思った。耳元ではビニール袋のガサガサとした音がして非常に煩わしい。

しかし次に伝わってきた感触で、その全ての不快感は打ち消された。

つまり、背中に当たる豊満な——

「どこ当てられてんのよ！」

頭頂部がスパンと叩《はた》かれる。

理不尽の連続にくぐもった声が出た。

これくらい男の抗《あらが》えない欲求として見逃してもらいたいところだ。

「てか、なによその量」

彩華の驚いたような声色に答えるために、俺は志乃原の束縛から逃れる。

彩華は俺たちの抱える袋をしげしげと見つめていた。

志乃原の足元にはいくつものビニール袋、俺の手にも同様だ。

彩華は俺から事の経緯を聞くと、顎に手を当てて思案した。

「あー、なるほど。んー、そうね……」

彩華は暫《しばら》く唸《うな》った後、ポンと手を叩いた。

「仕方ない、うちで引き取ってあげるわ。海の家のメニュー食べたい需要はあるだろうし」

「まじで！　持つべきものは彩華だな！」

「まじですか！　持つべきものは彩華さんです！」

「ほんとに現金な二人ね……」

彩華は呆《あき》れたように笑って、背を向ける。

「じゃ、藤堂君には私から説明してあげる。余りそうな分を皆んなに選んでもらうから、それをうちで買い取るわ。そしたら自腹がどうこうって話にはならないでしょうし」

「よっしゃ！　まじで感謝助かった！」

「貸し一ね。私たちも何かあったら頼るかも」

「おお、任せとけって」

彩華からの助け舟があれば、『start』の連中もすぐに納得してくれる。俺は安堵《あんど》しながら、彩華の後ろ姿を眺めた。

オーバーサイズのビーチガウンは裾が太ももの中央付近まで覆っていて、後ろからは彩華のスタイルを確認できない。

すれ違う人たちはまず彩華に目を奪われるので、彼女の存在感が圧倒的なのが分かる。

潮風が吹いて、彩華の長い黒髪が靡《なび》いた。

ビーチガウンを羽織るのは紫外線予防のためだろうか。しかし羽織る方が熱が籠りそうだ。

俺は気になって訊《き》いてみた。

「彩華、そのパーカー暑くないのか？」

「何、脱いでほしいの？　心配しなくてもあとで見せてあげるわよ」

「そ、そういう意味じゃねえよ！」

俺は慌てて否定する。

彩華の一言に、志乃原が俺をギッと睨《にら》みつける。何で俺が睨まれるんだ。

「ほら。サービス」

その声に反応して視線を戻すと、彩華はあっさりとパーカーを脱ぎ、肩にかけるところだった。そしてこちらを振り向くと、俺は思わず目を丸くした。

「うお……」

彩華の水着は、白を基調とした生地に水色のラインが入り乱れるビキニだ。

首筋からふくらはぎにかけての曲線は流麗かつ嫋《たお》やかで、黄金比のような肉付きが妖艶な魅力までをも同居させることに成功している。

高校時代のスク水姿を知っている分、感動すら覚える。

スク水とは一線を画す、女性の魅力を強調するような水着を着るとこうも破壊力が上がるのか、という感想を抱いた。

これを直《じか》に伝えては二人にドン引きされるのは火を見るよりも明らかだから、無難な言葉を選ばなければならない。

しかし結局口から出たのは、男子の素直な反応だった。

「大人になって……」

「先輩、その反応はなんかきも……気持ち悪いです」

「今言い直そうとしてなかった？　なんでそのまま言っちゃったの？」

「ムカつくからです！」

「理由が直球すぎる！」

俺は志乃原から視線を外して、もう一度彩華に目をやる。

「とにかく、似合ってる。ナンパに気を付けろ」

そう言うと、彩華は頰《ほお》を紅《あか》く染めて小さく頷《うなず》いた。

「あ……ありがと」

「お、おう」

あっさり水着姿を見せてくれたにしてはいつになく初心《うぶ》な反応だ。

内心首を傾《かし》げていると、横からぶつぶつと声がした。

「後から見せると破壊力が増すなんて、その手があったんですね……いやでも、私も間違ってなかったはず……」

「何言ってんだお前」

「ほっといてください！」

「なんで怒られんの⁉」

これ以上ここで会話を進めていたら、また理不尽な目に遭いかねない気がする。

俺は話題を変えようと口を開いたが、先に言葉を紡ぎ出したのは彩華だった。

「真由《まゆ》」

「は、はい」

「見違えた。水着すごい良いじゃない」

「へっ。あ……ありがとうございます。その、彩華さんも」

志乃原は予想外だったのか、目をぱちくりさせた。

両者の間に何とも言えない、恥じらいの空気が流れる。

このまま黙っていたらどうなるのか気になったが、眼福のお返しに助け船を出した。

「そういや女子ってメイクどうしてんの？　海入る時って」

「え？　あ、それはですね。ちゃんと落ちにくいコスメがあるんですよ。そういえば彩華さんはどれ使ってるんですか？」

彩華は志乃原の問いにハッとして、パーカーを羽織り直す。手に持っていたサングラスを額にかけて、気分をリセットするかのような明るい声色で答えた。

「私は日焼け止めとファンデを併用してるだけで、あとはすっぴんかな」

そう言って、彩華はこちらに歩を進めた。

「荷物貸して。持ってあげる」

「いや、大丈夫だって。これ俺らの荷物なんだし、何から何まで世話になる訳には」

「いいから」

右手から荷物が浮いて、一気に楽になる。

そして彩華は俺を横切って、志乃原に手を差し出した。

「ほら、真由も。重かったでしょ」

「え、いいんですか」

志乃原は遠慮しながらも、彩華に少量のビニール袋を手渡す。片手に持つ六つのビニール袋のうち二つだけだ。

その行動に彩華は「いいから」と断ってから、全てを引き取った。

志乃原はゴニョゴニョと言葉を紡ぐ。羞恥心からか小さな声になっていたが、お礼であるのは聞き取れた。

彩華はそれに返事をしないまま、志乃原から離れて海浜公園の方向へ歩き出す。

俺を追い越す際の彩華の横顔は、心なしか柔和になっていた。

「……仲良いじゃん」

追い抜かれる直前に小声で話しかけてみると、彩華は頰を僅かに赤らめた。

「……うっさい」

声をかけてくれた理由には、志乃原を助ける意図も含まれているのだろう。

何だかそれが嬉《うれ》しくなって、俺も釣られて口元を緩めた。

# 第9話　忠告

海浜公園で食べる昼餉《ひるげ》は実に愉《たの》しい時間だった。

藤堂《とうどう》の挨拶から始まり、志乃原《しのはら》の歓迎会の意も含む時間はあっという間に過ぎた。

今は暑気払いに用意されたきゅうりを皆《み》んなデザート代わりに口へ入れて、ポリポリ音を鳴らして咀嚼《そしゃく》している。

そろそろいい時間帯なので、俺は避暑のために立てられていたパラソルを回収しようと手を伸ばす。

パラソルの中棒に手をかけた時、下から非難の声が上がった。

「先輩ー、まだ休ませてください！　私まだ動けないです！」

「真由《まゆ》ちゃんに同意。ちょっと食べ過ぎたわぁ」

志乃原と琴音《ことね》さんがお腹《なか》をさすりながら、ふうふう息を吐いた。琴音さんは元来よく食べる方だったから納得だが、志乃原は先ほど「食べたくないと思います」と発言していたばかりだ。

出された分を全て胃の中に入れたらしいが、この二人で四人前の弁当が無くなっているのは気のせいだろうか。

「志乃原はさっき海入ったばかりだろうけど、琴音さんはまだでしょ。気持ち良いですよ、海」

「だねぇ。でも私、今回は皆んなのお目付役で来てるからねぇ。ハメを外してヤンチャしない男女がいないかを見張ってるのが藤堂から任された仕事なのさ」

「ヤ、ヤンチャ……」

「聞くな志乃原。琴音さんはこういう人だ」

俺は嘆息して、自立型のパラソルを折り畳んだ。琴音さんは「ああっ」と濡《ぬ》れた声を上げてジタバタする。その挙動で豊満な胸がユサユサ揺れて、思わず目が惹《ひ》きつけられた。

「……先輩」

「ちが、弾力、じゃなくて引力が……」

しどろもどろになって弁解する。何しろ琴音さんのグラマーな身体《からだ》はグラビアアイドルにだって引けを取らない。

男からの熱い視線をところどころから感じるのは気のせいではないだろう。

琴音さんは男女のヤンチャを防ぐと言っていたが、最も注視するべきは琴音さん自身だというのが素直な心境だった。だが理解を得られるはずもなく、志乃原からは責めるような視線が注がれる。

その様子に琴音さんはコロコロ笑った。

「罪な男だねぇ。真由ちゃんに飽き足らず私を狙うなんて。こりゃ今夜は気を付けないと」

「あー、違いますから」

「あっさり否定しないでくださいよ！」

この二人に真面目に応対するのをやめて、俺は藤堂の元へ赴く。

琴音さんはおっとり系の顔に似合わず、すぐ下ネタを口にする。志乃原が変な影響を受けないかが心配だ。

後ろから「つれないなー、真由ちゃんの言ってる意味が分かったよ」なんて声が聞こえてきた。

志乃原のやつ、一体琴音さんに何を吹き込んだ。

「悠。パラソル回収あんがとさん」

「おう。もう海行くだろ？」

「とっくに行くつもりだったんだけどな。到着時間が半端に遅れたせいで昼食が先になったけど、悪手だったわ」

藤堂は苦笑いを浮かべた。その仕草がまた腹が立つくらい格好《かっこ》いい。

藤堂の横に突っ立っている大輝《だいき》は、どっちつかずの様子で視線を琴音さんに注いでいる。

先程感じた視線は大輝のものだったようだ。大輝のことだから、琴音さんがいる場所に残りたいに違いない。

「しゃーねぇな。琴音さんに号令頼んでくるわ」

琴音さんの号令なら、大輝を中心に男たちが扇動されてくれるはずだ。女子は副代表の美咲《みさき》に声を掛けたら上手《うま》くやってくれる。

「俺が琴音さんに頼んでくる！　悠太《ゆうた》は美咲のとこに行ってこいよ」

「はいはい、了解」

大輝はニカッと白い歯を見せて、「琴音さーん！」と彼女のいる方へ駆けて行った。

「あいつ再燃してね？」

「再燃っていうか、ずっと好きだったんだと思うぜ」

藤堂が答えた。

サークル内の恋愛は珍しくないが、おおっぴらなアピールはその限りじゃない。心の中で大輝を応援していると、藤堂が言った。

「悠はどうすんだよ」

「え？」

「このままか？」

静かな声色だった。周囲ではノロノロと支度が始まっているが、この問いに答えなければ動いてはいけない気がした。

「……俺は──」

「いや、やっぱいい。俺が口挟むのもおかしな話だしな」

藤堂は口角を上げて、ブルーシートを畳みだした。

「美咲にも発破かけといてくれ。色んな意味で」

「分かった」

藤堂から離れて、サンダルをペタペタ鳴らしながら美咲へ近付く。

美咲は俺に気付くと、おもむろに立ち上がった。

「そろそろ咎《とが》められると思った。皆んなに号令ね」

「あー、話が早くて助かる。色んな意味で発破かけといてくれって言われたんだよな」

美咲は一瞬動きを止めて、「色んな意味ねぇ」と繰り返す。

俺が反応する前に美咲は皆んなのところへ行き、溌剌《はつらつ》とした声で号令をかけ始めた。

場の雰囲気にようやく元気が齎《もたら》される。

バスケ以外となると、このサークルはどうにもスロースタートだ。

手持ち無沙汰になった俺は大輝の方を振り返った。

琴音さんと談笑する大輝は相好を崩していて楽しそうだった。

◇◆

透き通るような溟海を、全身の力で掻《か》き分ける。

深くいくに連れて水圧がのしかかり、頭が若干重くなる。

肺が酸素を欲しているのを無視して、指で砂を弄《まさぐ》った。

——見つけた。

平べったいざらつきを指先に感じ、二、三回の挑戦の後、掬《すく》い上げる。

ようやく手にした小箱を片手に、上半身を反転させた。

水面に煌《きら》めく陽光を目指して数秒後、青空の下へ帰来する。

「悠太、こっちだ！」

「よっしゃ！」

声の方へ小箱を投げると、大輝の正面に音を鳴らし落下した。大輝はすぐさま掬い上げて、クロールで『start』の待つ砂浜を目指す。

歓声が一際大きくなった。

大輝から十メートルほど横に離れた樹《たつき》さんがバタフライを開始したのだ。その後ろには彩華《あやか》が水面から顔を出して、樹さんに声援を送っている。

「いけーっ樹さん！　負けたら代表クビー！」

物騒な脅しが聞こえたのか分からないが、樹さんはみるみるうちに追い上げていき、大輝と横並びになる。

浅瀬につくと、両者ヒイヒイ喘《あえ》ぎながら足を懸命に上げていく。ゴールテープを握るのは那月《なつき》と金髪女子。

先にテープを切ったのは、『Green』代表の樹さんだった。


「くそー！　負けた！」

砂浜に到着するなり、俺は大の字になって寝転んだ。

『start』対『Green』の小箱リレー。

予《あらかじ》め海底に設置された小箱を見つけて先にゴールした方が勝利という至ってシンプルなゲームだったが、サークル対抗という要因もあってか思いの外盛り上がった。

賭けられたスイカ割り優先権が大いに機能したといえる。

「ふっふっふ、どう？　宣言通り私が勝ったわ！」

遅れて砂浜に着いた彩華が、俺を見下ろしながら胸を張った。

俺はガバッと上体を起こして抗議の意を唱える。

「俺の方が発見早かっただろ、お前と俺の勝負は俺の勝ちだぞ！」

「チーム戦なんだから私の勝ちよ！」

「個人戦持ちかけてきたのはお前だろーが！」

そう言って、今度は海の方向へ後ろから大の字に倒れ込む。

口を開いた途端、波に襲われた。

「がぼがぼぐぼぁ」

「あはは、変な声！」

「もっと海遠いと思ってた……」

距離感を誤ったせいで酷《ひど》い目にあった。

上体を上げてゲホゲホ咳《せ》き込んでいると、藤堂と琴音さんが沖に上がってきた。

二人とも、小箱の場所を把握するために配置された中立要員だ。

琴音さんは「ぷかぷか浮いて気持ち良かった～」と呑気《のんき》な声を出して、藤堂は「負けたのか……」と珍しく落胆した様子だ。

「これで俺たちはスイカ割りを眺めるしかないって訳だな」

俺は盛大に溜息《ためいき》を吐《つ》く。

近くのスーパーや海の家に、丸々と大きいスイカが売っていなかったために起こった争い。残り一つのスイカに彩華と藤堂が同時に目をつけて、急遽《きゆうきよ》決定したレクリエーションだった。

　彩華は勝ち誇った顔で「まあ私たちのスイカ割りを指咥《くわ》えて見てなさい」と言って、樹さんを労《ねぎら》いに行った。

　探索役と運搬役の二名が選抜される中で、唯一女子から選ばれた彩華には『Green』のサークル員から口々に嘆賞の言葉が並べられる。

　そんな光景を恨めしげに眺めていると、大輝がこちらに近付いてきた。

「やらかした……」

「まあしゃーねえよ。樹さんが速すぎた」

　慰めた途端、俺はピクリと身体を震わせた。のっしのっしと近付く美咲の影を視認したからだ。

「逃げよ」

　俺は腰を上げて、皆《み》んながいる方向へ駆ける。

　後ろから大輝にガミガミ叱る声が聞こえてきて、心の中で合掌した。

　美咲はいつも大輝に対してアタリが強い。その理由はサークル内の人間の殆《ほとん》どが察しているが、あえて何も干渉しないのが暗黙の了解だ。

　今度はブンブン手を振る人影を視認する。

　志乃原がサークルの輪から十数メートル離れたところで小休憩を取っていた。

　一人でいるなんてどうしたんだろう。

いた。

「志乃原。体調良くないのか？」

「え？　なんでですか」

「いや、一人でいるから」

志乃原の周囲への溶け込み具合からは、一人でいる時間なんてできないとばかり思っていた。

俺の思惑を悟ったのか、志乃原はケラケラ笑った。

「やだなぁー先輩。あえてですよ、あえて。一人で黄昏《たそが》れたくなる時だってあるじゃないですか、ここ海ですよ？」

「海だから心配してたんだけどな。まー元気ならいいか」

そう結論づけて、志乃原の隣に座る。

凸凹の砂浜だったせいで身体《からだ》が傾き、思っていたより近付いてしまった。

志乃原はちょっとだけ間を空けようとする仕草を見せたのち、その場に留《とど》まる。

「先輩、お疲れ様です。惜しかったですね〜」

「途中まで勝ってたんだけどな」

「あはは、だから大輝さん怒られてますもんね。美咲さん激おこモード」

「あいつスイカ割りを一番楽しみにしてたっぽいからな」

声の調子を上げて答える。

元よりスイカ割りを提案したのも美咲だったし、これは間違っていない。

志乃原も俺の発言に頷《うなず》いた。

「まぁ、美咲さんが大輝さんに絡みに行ったのは別の理由があるからでしょうけど」

「……その心は？」

「美咲さん、大輝さんのこと好きなんだなーって」

体育座りをしている志乃原は、そう言って自身の膝に頬杖《ほおづえ》をついた。掌《てのひら》に頬が押し出されて、赤子のような紅《あか》みが強調される。

俺は志乃原の発言に意外な気持ちになっていた。

「そういうの分かるようになったんだな」

何気なく呟《つぶや》く。

一際大きな潮騒《しおさい》が耳朶《じだ》に触れ、残響が次第に消えていく。

「……みたいですね」

微《かす》かな返事に、俺は目をやった。

頬杖をついている志乃原はちょっと遠い目をしてから、言葉を紡いだ。

「先輩」

「なんだ」

その時、ワッと歓声が上がった。

十数メートル横、その波打ち際に、彩華がスイカを置いたのだ。丸々としたスイカは、遠目からでもかなりの大きさを誇っているのが判《わか》る。

視線を戻すと、志乃原は口を尖《とが》らせていた。

「どうしたんだよ」

「……やっぱりここではやめておきます。先輩、見学しに行きましょ」

志乃原は腰を上げて、テクテク歩き出した。

俺は何となく後ろ姿を眺めていたら、志乃原がこちらに振り返る。

「ついてきてくださいよっ！」

「ごめん、もうちょっと休もうかと思って」

「リレーの参加者は見学しないとダメって彩華さんなら言いますよ！　怒られないうちについてきてくださいっ」

志乃原は両手で俺の右手を掴《つか》み、グイグイ引っ張る。

「放せって」

「がーん」

「擬音を口に出すな！」

砂浜を覚束《おぼつか》ない足取りで進んで数十秒、二大サークルの輪に合流する。

それから数分間スイカ割りの準備を見守っていると、どうやら那月がジャンケンの末にスイカ割りの権利を手にしたようだった。

「ちょっと向こう側行ってくるわ」

「あぇ!? 先輩、スイカとメロンの違いの話はいつするんですか！」

「んなもんいつでもできる！　つーか色と味だろ、きっと！」

俺はそうつっこんで、歩を進める。

志乃原は不服そうな声を上げたが、後ろからやってきた琴音さんが宥《なだ》めて大人しくなった。さすが四年生、志乃原も懐く母性力だ。

半円を作っている人数はサークル二つで数十人。残りの人たちはスイカ割りを余所《よそ》に各々海水浴を楽しんでいる。『Green』の人間が多く集まるエリアに、一つの影。

那月に視線を送るのは、アッシュグレーの髪を後ろに束ねた礼奈《れいな》だ。

「礼奈」

一言呼ぶと、礼奈は俺に目をやり、ニコリとえくぼを作った。

「あ、悠太くん。さっきはお疲れ様」

「おう」

隣に立つと、礼奈は自身の腕を交差させる。胸が強調されて、俺は目を逸《そ》らす。

「那月、スイカ割りに選ばれたね」

「珍しいよな、多分。そもそもこういう場に立候補するの意外だったし」

「最近ちょっと変わったみたい。本人は意識してるか分からないけど」

那月は彩華に目隠しをしてもらう最中、緊張からか口を真一文字に結んでいる。志乃原が「那月さん頑張れ〜！」と励ました。

その光景に礼奈は興味深そうに「あの二人知り合いなの？」と訊《き》く。

「らしいよ。元バイト仲間なんだってさ」

「ほう。世間は狭いなぁ」

礼奈はしみじみと感想を口にして、押し黙った。

半円の喧騒《けんそう》とは対照的に、二人の間に沈黙が降りる。原因は分かっている。

俺は長らく言い淀《よど》んでいたが、意を決して口を開いた。

「……水着似合ってんな」

礼奈の水着は、黒一色のビキニだった。

漆黒が陽光を吸収しているためか、白い肌が一層際立つ。雪のような肌は炎天下に広がる滄海《そうかい》とは些《いささ》か対照的に映った。

首筋に浮かんだ汗が一筋谷間に流れていくところで、俺は一旦目を逸らした。

「……ありがと。ちょっと恥ずかしいけど」

「似合ってるって」

「そうじゃなくて。ここはほら、人が一杯だし」

……そういうことか。

確かに見知らぬ異性も数多くいる状況下では、羞恥心が出て当然だろう。そのスタイルは誇るべきだというフォローもおかしな話だ。

「でも、悠太くんに褒めてもらえたからこの水着にした甲斐《かい》あった。去年よりも大人っぽいでしょ？」

礼奈は俯《うつむ》きながらも、交差させていた腕を解《ほど》く。

去年。付き合っていた俺たちの、最初で最後の旅行。

薄紫に白の水玉模様のビキニというのが、当時の礼奈が着ていた水着だった。

「前も大人っぽかったよ。今は更に大人って感じだけど」

「そっか。成長したのかな」

露《あら》わな上半身は刺激が強く、小声で「多分な」と返事をしながら頭を掻《か》いた。

「楽しめてるか？」

「うん。皆んな気さくな人だし、何とか。たまにはいいね、こういうのも」

「そう言ってくれたらホッとする。招待して楽しんでもらえてなかったらと思うと」

「ふふ。心配症だ」

——パカン！

スイカがバラバラに割れる音に合わせて、拍手喝采が起こる。

那月が顔を赤らめて目隠しを取っているのを、礼奈は微笑《ほほえ》ましそうに眺めた。

「スイカ食いてー」

「え、食べられないの？」

「負けたからな。そういうルールだ」

「私の分あげよっか？」

「いや、いい。それじゃ示しがつかない」

スマホを使用するなりして本気で探せば、スイカの一つや二つ恐らく購入できる。だが、しっかり負けた分の悔しさがなければ勝負の意味は薄れてしまう。

真剣だからこそ先のゲームは面白くなったし、夜に予定されているレクリエーションを盛り上げるためにも堪《こら》えなければいけなかった。

そう思考する俺に、礼奈は口元に弧を描く。

「人目につかない場所なら。海浜公園の隅っこで待ってるね」

礼奈はそう言って、半円の中心地に足を向けた。

返事をする前に歩き出し、彩華にスイカを貰《もら》いにいく。

いつの間にか黒のビーチガウンを羽織っている彩華は礼奈の姿を視認すると、皆んなより少し大きめのスイカを渡して和やかに笑った。

礼奈の顔は確認できない。

それでも、二人の亀裂はいつの間にか修復されているのが伝わってきた。……これが思い違いじゃないと願う。

俺が介入できそうにない関係性だから、願うしかない。

それでも二人の会話に入ってみようと思案している時だった。

「君」

静かな声が俺を呼んだ。

振り返ると、金髪カールの女子。数時間前、那月と礼奈と一緒にいた人物だ。

「えっと。礼奈と那月の友達さん」

「うん。君は羽瀬川《はせがわ》悠太くんだよね」

フルネームで呼ばれたことに違和感を覚えながらも、「そうだけど」と肯定する。

「呼び捨てしてくれ」

「じゃあ私も、佳代子《かよこ》って呼び捨てしてくれていいよ。……ついてきて？　今のうちに、ほら」

「え？　なんで」

「いいから」

佳代子はにべもなく促し、先に歩き始めた。

有無を言わせない口調の佳代子の背中を渋々追い掛ける。

礼奈の旧友だから無下にはできない。

冗談めかしく断ってもよかったところだが、それで礼奈の株を下げることに繋《つな》がったら不本意だ。

〝今のうちに〟という文言だけが引っ掛かる。まるで誰かを避けるように。……そんな存在、礼奈しか思い至らない。

進む先では、足場が砂浜から傾斜の緩やかなコンクリート道に変移している。

サンダルを砂浜に置き忘れたことに気付く。コンクリート道では太陽熱が如実に足裏から伝わるし、何よりゴミを踏んだら危険だ。

「ごめん、サンダル取ってきていいか？」

「え？　うーん、我慢してほしいかも」

「怪我《けが》するだろ。佳代子さんも何か履いたほうがいいって。俺、去年プラスチック踏んで──」

「それは礼奈と旅行に行った時の話？」

佳代子の三白眼がキュッと狭まった。

ピタリと立ち止まって、俺を見上げる。

「君さあ……」

佳代子がそう言った瞬間、続きを遮るように鋭い声が飛んできた。

「佳代子、何してるの？」

声の方へ目をやると、礼奈がスイカの載ったお皿を持って立っている。小走りでもしてきたのか、軽く息が上がっていた。

佳代子は礼奈の介入に、しまったという顔をした。

「立ち止まらなきゃよかったあ……」

「佳代子。私言ったよね、近付かないでって」

「だって、あんたの元カレがいたから」

「うん。でも近付かないでって言ったでしょ？」

「私はその時返事しなかったよ」

佳代子が俺に接近して、至近距離で俺を見上げる。

それが何だか初対面の人間に向ける目ではない気がして、俺は思考を巡らせた。

──以前会ったことがあるのだろうか。

ぱっつんの前髪も、キツめの性格を思わせる三白眼も何処《どこ》かで見た覚えがある。

「あの時の礼奈見てたら、口出しもしたくなる」

瞬間、一月の光景が脳裏を過《よぎ》った。

……思い出した。

髪色が黒から金になっていたため全く判らなかったが、こうして目が合うと奥深くに眠る記憶が蘇《よみがえ》ってくる。

俺と礼奈が別れてから初めて再会した時だ。

ショッピングモールで彩華と買い物している途中に邂逅《かいこう》したが、事情を知らなかった彩華が礼奈を追い払った。

——あの時、礼奈の後ろにいた友達か。

当時の佳代子は、彩華の辛辣な態度に戸惑いの表情を浮かべていた記憶がある。時間にしてみれば一瞬の出来事だったが、記憶は脳髄の深いところに刻まれていた。

佳代子は俺に目を向けた。

女子大生らしい華麗さよりもギャルという印象の方が強い。

「あの時はどうも」

そう言われて、俺は軽く会釈する。

俺の話はどのように伝わっているのだろう。マイナスに伝わっているに違いないし、それが当然の報いなのだが、この場で争いが起こることを礼奈は恐らく許容しない。だからこその先程の発言だ。

揉《も》めないためにはこの場を何とか穏便に済ませなければいけないが、佳代子の目に明白な敵意を感じ取り、難しそうだなと内心嘆息した。

「ちょっと」

礼奈が佳代子を制止した。

「なに？　あの時の礼奈すごい落ち込んでたけど、原因この人でしょ。一緒にいた女子もサークルの中心って感じでこの旅行に参加してるし、何で礼奈は此処《ここ》に来てるの」

佳代子の直球な質問に、礼奈は困ったように口を結んだ。

「この件は、那月も知ってるの。私たち和解したの」

「和解？　なにそれ」

佳代子が小さく笑って、俺に向き直る。

「振った人が、今更礼奈を誑《たぶら》かさないで。女子の時間は限られてる。若い時間は有限なの。礼奈、元カレにその貴重な時間を費やす価値はないよ」

「そ――それは私が判断するよ」

「判断した末に間違ってると思うから言ってるのよ？　前も元カレはやめといた方がって話したじゃん」

佳代子は俺を睨《にら》み付けて、口を開いた。

「この人のどこが良いの？　礼奈さんの色眼鏡、私が外して差し上げましょうか」

「佳代子。怒るよ？」

礼奈は冷たい声色で、佳代子に忠告した。

佳代子は少し怯《ひる》んだ様子で、礼奈に視線を戻す。

「れ、礼奈……」

「私、どうなっても絶対後悔しないから。同じ事言わせないでよ」

礼奈は強い口調でそう言い切ると、俺の手を引っ張った。

片手に支えられているスイカが不安定に揺れる。

「行こう」

「待っ――」

俺はそう言いかけて、口を噤《つぐ》んだ。

待たせてどうなる。

佳代子の言う通りだと折れて、場を無理矢理《むりやり》収めるのか。それとも佳代子に直接弁明するのか。

いずれにせよ、礼奈にとって不本意な結果に終わる。

俺と佳代子の会話自体が礼奈にとって避けたいものなのだとしたら、彼女に大人しく従うのが恐らく賢明な判断になる。

分かっている。分かっているが、どうしても我慢できそうになかった。

「待てって」

俺は数メートル離れたところで、再度そう言った。

礼奈は立ち止まると、おもむろに振り返る。

「これ以上あの子と話すことあるの？」

「ある。一人で行かせてくれ」

俺は真っ直《ます》ぐ礼奈を見つめる。

礼奈も初めは俺の意図を測ろうとするような視線を返してきたが、次第に薄紫色の瞳に温かさが戻っていく。

数秒後、礼奈は小さく息を吐いた。

「一分だけ。ちゃんと戻ってきてね？」

「ありがとう」

俺は踵《きびす》を返して佳代子の元へ駆ける。

ずっと俺たちの背中を眺めていたであろう佳代子は俺の接近にギョッとして、逃げようと身を翻した。

「ま、待てっておい！」

「いやっ、ごめんなさい調子に乗った！　謝りますすみませんだから襲わないでこの変質──」

「ちょ⁉　洒落《しゃれ》にならないってそれは！」

叫ばれたら弁明どころか、社会的に死亡しかねない。

俺はここ最近のトップスピードを間違いなく更新して、何とか彼女に追い付いた。

逃げられないように両肩を摑《つか》んで身体《からだ》を回すと、佳代子は「ひいいっ！」と視線を逸《そ》らす。

「俺、礼奈に後悔させせない」

一言。

両肩を放すと、佳代子は目を瞬かせた。

やがて落ち着きを取り戻して、ゆっくりと俺を睥睨《へいげい》した。

「……今何て？」

「後悔させない」

「不可能」

ピシャリと言って、佳代子は俺の腹を軽く弾《はじ》いた。

一瞬息が詰まったが、毅然《きぜん》とした態度は崩さない。

そうしなければ、ほぼ初対面の佳代子に信じてもらえないと思ったからだ。佳代子にどう思われようが、旅行が終われば会わないであろう俺には関係のない話かもしれない。

しかし礼奈は違う。

佳代子からしつこく忠告されて、礼奈が嫌気が差すことがあったら——二人の関係が悪い方向に転じてしまう。

佳代子は口調こそ強いものの、現時点では礼奈を想《おも》って忠告してくれている。……万が一にも失ってはいけない存在だ。

それに加えて佳代子は礼奈の旧友で、同じ女子大。

俺がこの場を見過ごしたら礼奈と佳代子の関係に、下手をすれば礼奈と周囲の関係にまで影響を及ぼしてしまうかもしれない。

俺が原因でそんな事態になる可能性を看過できそうになかった。礼奈が佳代子の忠告に従わないなら、俺が佳代子に今の関係を認めてもらう他にない。

「確かに俺は礼奈の元カレだ。でも二人で話し合って、お互いが納得してこの関係に落ち着いてる。周りがどう思おうが、俺たちは納得してるんだ」

「納得してるからなに？　後悔しない根拠になってないけど」

「自分たちで導き出した答えで失敗するなら、それは成長への糧だろ」

「綺麗《きれい》事言わないでよ」

佳代子は目を細めた。

両肩に乗った俺の手を軽く叩《はた》き落として、佳代子は遠い目をした。

「……私も同じような経験あるの。元カレに未練たらたらで、誘われたら喜んで飛んでいく。その結果……遊ばれて、一年。いざ復縁の話をしてみたらSNSはブロックされて、何も残らなかった。自分で導き出した答えで絶賛後悔中ですが、なにか」

「それは……」

元カノの未練を利用して、気ままに遊んだ男のことはたまに話に聞く。その総数は高校時代より明らかに増加した。

その被害者だと主張する佳代子は、礼奈が自分と同じ道を辿《たど》ることを拒否したいのだろう。

「勿論《もちろん》私に何も残らなかったのは、元カレとの予定を何よりも優先してしまう愚かさも相まってのこと。だからまあ、厳密には礼奈とは違うかも。でも最近の礼奈も──全然サークルに顔出してない。他にも前の私と、共通点が多すぎる」

佳代子の発言に、俺は内心驚いた。

確かに最近『start』の活動日に礼奈が顔を出す頻度は高くなった。それは日程が合った日のみかと思っていたが、礼奈自身のサークル活動よりもこちらを優先していたということか。

そんな状況と直面すれば、自身の過去を重ねて礼奈を案じる佳代子の気持ちもよく分かる。

佳代子は唇を噛《か》んで、言葉を続けた。

「たった一年……されど一年。その全部が無駄になった訳じゃないけど、時間とお金、気力も浪費した。自分で選んだって、駄目な時は駄目なのよ。正常な判断ができなくなる、その危険性を秘めてるのが恋愛なんだから。今の礼奈、まさにそれとは思わない？」

下手な共感や慰め、弁明は逆効果だ。

俺は「そうか」と短く返事をすると、佳代子は自嘲気味な笑みを浮かべる。

「礼奈と今の関係に落ち着いてから、どれくらいになる？　これからあなたは、礼奈の時間をどれほど奪う気？」

「俺は──」

言いかけて、口を噤んだ。

……当初の目的を忘れるな。

佳代子の問いに全て答えても、信じてくれるかは分からない。

限られた時間で最良の結果を出すには、まず最も押さえておかなければならない点から処理するべきだ。

俺はそう自分を叱責して、再度佳代子に念を押した。

「ごめんな。あんたの友達の時間を、確かに俺は奪ってることになるのかもしれない。傍《はた》から見たらそう思われるのも理解してるつもりだ」

佳代子は目を瞬かせた。

口をついて、勝手に言葉が紡がれる。特に思慮の働いていない本音。だからこそ響くものがあるかもしれないと、俺は自身の欲求に従って言葉を並べる。

「でも……俺にとっても、礼奈は大切な存在なんだ。きっとあいつもそう思ってくれてる。

だから……探してるんだよ、二人で」

「……何を」

「お互いが後悔しない関係を」

俺と礼奈は再スタートを切った。

それはつまりどこかに答えが存在しているということ。

俺はそれを模索している。そして、礼奈は。

「それは、復縁っていうゴールも存在してると解釈していいの」

佳代子が俺に問う。

その眼差《まなざ》しは懐疑的ではあったものの、先程までの嫌悪感は薄れているように思えた。

「それは此処で言うことじゃない」

俺が素直な心中を吐露すると、佳代子は眉を顰《ひそ》めた。

恋愛は人間の最も繊細な感情と称しても過言ではない。だからこそ、どんな答えであっても第三者に先んじて告げることはできない。

佳代子も同じ結論に至ったのか「それもそうね」と息を吐いた。

「後悔しないなんて不可能だと思う。だから、代わりに約束してよ」

自身の経験に重ねている佳代子は想起する最中に嫌な思い出が頭を過《よぎ》ったのか、暫《しば》く無言で俺の後ろを眺め続けた。

きっとその視線の先には礼奈が佇《たたず》んでいる。

とうに一分は過ぎているはずだが、礼奈は俺たちが話し込んでいるのを察して待ってくれている。

心の中で感謝しながら、俺も続きを待った。

「礼奈に真摯に向き合って」

佳代子は初めて表情を和らげた。

「そしたら、これからの二人の道にも意味を見出《みいだ》せる時が来ると思うから」

佳代子は礼奈を本当に大事に想ってくれているのだろう。

そうでなければ、他人のためにこんな表情を浮かべることはできない。

礼奈の友達に、今の俺ができる対応は一つだ。

「……真摯に向き合う。それだけは曲げない」

元々、そのつもりだ。

佳代子は俺の言葉を頭の中で反芻《はんすう》しているのか暫く押し黙り、やっと返事をした。

「……うん。頼んだ」

佳代子が俺にグッと近付く。黒々とした瞳が俺を真っ直ぐ見据えている。

「あなたが私の元カレみたいな人じゃないことを祈るわ」

かつて礼奈は「友達が多い訳じゃない」なんて言っていた。

こんなに想ってくれる友達がいたら、それで充分だと思う。

友達は数じゃない。

礼奈を心から支えようとする人がいるのなら、どの道を進んでも彼女の周りに人は絶えない。那月や佳代子。礼奈も人に恵まれている。

「……友達ってのは、ありがたいな」

「あなたにも私みたいな存在がいるの？」

佳代子はそう訊《き》いてきた。

脳裏に浮かんだ顔を一度外に追い出して、静かに答える。

「ああ」

「ってことは、礼奈の言う通り悪い人ではないのかなー」

佳代子は一度息を吐いて、軽く頭を下げた。

「ごめんなさい。失礼が過ぎました」

「いいよ、礼奈にこんな良い友達がいてくれて嬉《うれ》しい」

「初対面の私にこれだけボロカスに言われてそのセリフが出てくるってことは、ほんとに礼奈を想ってるのね」

佳代子は肌に付着した砂を払い落としながら、続けた。

「分かった。じゃあ、私は彼氏探しに戻ります。これで素直に旅行楽しめそう」

「そのために旅行来たのか」

「だって、元カレ忘れられなくて苦しいんだもん。……嫌になるよね、恋愛って。弱い私にとっては薬で、毒。だから礼奈も心配だったの」

佳代子はその後、言葉を続けた。

「これから私の彼氏になる人は、もしかしたら私の傷心に巻き込まれるだけなのかも。それが分かっててても止められないんだから、ほんとはあなたに偉そうに言える立場じゃないんだよね」

「礼奈のために言ったんだろ。あんたがどういう恋愛してようが、そこは関係ないよ」

自嘲気味な笑みを浮かべる佳代子に、言葉を返す。

佳代子は目を瞬かせた後——一瞬だけ優しげな笑みを浮かべた。

「——弱いのは君もか」

「……」

「当事者にしか分からないことってあるよね。私も散々——」

言いかけて、佳代子はかぶりを振った。

「藪蛇《やぶへび》ね。とりあえず、礼奈に何かあったら私が飛んでいくから、忘れないでよ」

佳代子は俺に目を向ける。

すると途端にギョッとした表情を見せた後、俺の後ろに隠れた。

振り返ると、礼奈が満面の笑みでこちらに近付いてきていた。

「こ……こわ」

思わず呟《つぶや》くと、背中に小声で「調子に乗り過ぎたやばい」と絶望感に溢《あふ》れる声がする。

内気だった礼奈は高校時代から友達が増えたらしいが、その際佳代子を怯《おび》えさせるほどの何かがあったのだろうか。

あったとしても、その原因を作ったのは佳代子の方だろうという確信もあるけれど。

自分の意思を言葉にしなければ気が済まない佳代子の性分は、俺の後輩とよく似ている。

それぞれの立ち位置も同じのような気がした。

「佳代子？　私悠太くんには一分って言ったんだけど、大幅に超えたのは絶対に佳代子のせいだよね？」

「な、なんで私だけなの⁉　この人だって――」

「おい、俺のせいにするなよ！」

「せめて二人のせいでしょ⁉」

「佳代子、悠太くんの陰に隠れないで」

礼奈の注意に、佳代子は口を噤《つぐ》む。

そして先程までの威勢はどこへやら、佳代子は俺に助けを懇願する目を向けてきた。

ここまで礼奈を好いてくれる友達を、俺も無下にはできない。とはいえ、気が進まないが。

「礼奈ごめん、俺が話を長引かせたんだ。佳代子さんのせいじゃない」

「……なんか名前呼びになってる」

礼奈がジト目をつくると、背中が思い切りつねられた。

佳代子が小声で「なんで名前で……！」と抗議してきて、「だって名前しか知らねーもん！」と反論する。

それで礼奈は納得してくれたようで、表情が柔らかくなった。

「そっか。佳代子、悠太くんに失礼なかった？」

「うん、どうせバレるから先に白状しとくとバリバリ失礼しちゃったね！　自分でも引くわ、まじごめんね！」

「だよね、最初酷《ひど》かったもんね。悠太くんが許してるみたいだから私はいいけどさ」

「うん……これからは気を付けます……」

項垂《うなだ》れる佳代子を何だか不憫《ふびん》に思って礼奈の方に目をやると、彼女はこの光景に頬《ほお》を緩めていた。

礼奈自身も、佳代子の行動は自分を想《おも》ってのことだと解《わか》っているのだろう。

「佳代子、またあとでね」

「……うん」

礼奈は佳代子に一度頷《うなず》いてから俺に向き合って、再度手を引いてきた。

「行こ？」

「お……おう」

俺は戸惑いながらついて行く。

後ろを振り返ると、佳代子は両手を合わせてお辞儀をしていた。

「……良い友達なんだな」

「そうだね。良い友達かも」

傾斜の緩い上り坂へと出る。

海浜公園に着いた途端に肩の力が抜けて、リラックスできた。

やはりずっと緊張していたらしい。

「佳代子さんの熱量凄《すご》かったわ。ほんとに礼奈のことが好きなのが伝わってきた」

「私にとっては良い子だよ。たまにさっきみたいなことになるのが玉に瑕《きず》だけど」

礼奈は困ったように笑う。

もしかしたら以前にも佳代子の暴走を止めたことがあるのかもしれない。

礼奈の性格上、あの熱量を止めるのは相当の気力が必要だったはずだ。

しかし思い返せば佳代子は慄《おのの》いていたし、その止め方が無性に気になってしまった。

「にしても礼奈、佳代子さんに何かしたのか？　結構ビビってるみたいだったけど」

「うん、何も」

「いやいやいや」

些（いささ）か無理がある。

だが今までその一面を知らなかったのは幸運なのだろう。

そんなことを考えながら坂を下っていると、礼奈がぽつりと呟いた。

「悠太くんにとっての彩華さんって、もしかしたら私にとっての佳代子でもあるのかな」

それは俺も考えていたことだった。以前までは那月がそれだと思っていたが、佳代子の方が近そうだ。

那月も俺と仲良くなった際は様々な策を練ったかもしれないが、自分が大切に想う存在のために人目を憚《はばか》らず初対面の人間へ食ってかかる行動力の一点においては、佳代子の方がある。

皆んなが世間体を気にして中々直接的な行動に移せない中で、ああいった行動をされると胸が熱くなる。

今回佳代子にとっての敵は俺だったけれど、嬉しく思う気持ちは本物だった。

「……かもな。俺もさっき、そう思った」

「うん。恵まれてるね、私たち」

礼奈は俺を見上げて、微笑《ほほえ》んだ。

余計な駆け引きを感じさせない、純粋な柔らかい笑み。

真摯に向き合ってほしいという佳代子の言葉は、この笑みを守りたかった表れだろう。

無論元々真摯に向き合うつもりだったが、一層気持ちは固まった。

涼しい潮風が俺たちの間を吹き抜けたが、陽光が強まったおかげで身体《からだ》はまた火照ってきていた。

じわじわ額に汗が浮かんでくるのを感じて、俺は手の甲で拭き取る。

芝生の上に直接座り、礼奈も続く。

柔らかい草で覆われていて、何故《なぜ》か幼少期の感覚を彷彿《ほうふつ》とさせる。

「さっきの佳代子の言葉でね、反論したかったことがあるの」

「え？」

礼奈は俺の腕に人差し指をつんと当てた。

「私には、色眼鏡がついてるのかもしれないけどさ」

礼奈は俺に慈愛の表情をみせた。

「悠太くんが輝いてる景色がずっと続いてるんだもん。……色眼鏡でもいいんだ、私。だってこんなにドキドキするんだから」

俺は息を吞《の》んだ。

太陽を背にする礼奈はいつもより幻想的で、眩《まばゆ》い陽光を一身に吸い寄せているようにも見えた。

錯覚に違いない。

それは解っている。

しかし俺にそう感じさせるほど、礼奈の内側に何らかの変化が起こっているのを直感した。

佳代子や那月は俺と同じように何かを直感していたのだろうか。直感したからこそ、俺に。

「食べよ？」

礼奈は小皿に載ったスイカを手に取った。

歪《いびつ》な形に割られたスイカ。

しげしげ眺めた後に、口に含む。

形はどうあれ、甘くて美味《うま》い。

# 第10話　逢瀬

海で一日中遊んだ身体は、鉛を背負っているのかと錯覚するくらい重かった。塩のベタつきや匂い、全身を覆う細かな砂には、綺麗《きれい》好きじゃない俺でも嫌な気持ちになってくる。海の家にある有料シャワーで汚れを洗い流す。時間制限が設けられているため手早く洗うが、途中でシャワーからのお湯がビタリと止まった。

お湯で固形になった砂が、まだ足裏に付着している。

俺は溜息《ためいき》を吐《つ》いて、百円玉を再度投入した。

女子はもっと時間が掛かるんだなと思うと、普段の気苦労が少しだけ理解できた気がした。

海水浴場からホテルまでは、徒歩十分という距離だ。

都会と異なり大通りのような道路は見当たらないが、車道はそこかしこにある。その為《ため》何度も横断歩道を渡らなければならず、距離以上の時間を感じる道程だった。

高校時代と違って海水浴場での点呼などは省かれているので、各々シャワーで身体を綺麗にした後はホテルへ直帰だ。その為、帰路にはサークル員が数人ずつ纏《まと》まって歩くのが散見された。

特に誰かと一緒に帰る約束もしていない俺は、一人でホテルへ向かう。別に寂しくなどはない。周りの人間が二、三人で雑談する光景を目の当たりにしても、決して寂しくなどはないのだ。

「悠太《ゆうた》くん」

「はい！」

元気よく振り返ると、礼奈《れいな》が驚いたように目をパチクリさせた。

「一人？」

「見ての通り。礼奈がいて良かった」

礼奈は目尻を下げて、口を開いた。

「私も一人。寂しい者同士、仲良く帰ろっか」

「そうするか」

口角を上げて、礼奈と二人で並ぶ。夕焼けが沈む方向へサンダルをペタペタ鳴らしながら進むうちに、あっという間にホテルが視界に入る。

海水浴場を出発してから、車が数十台行き交っている。住宅は全く見かけないが、ホテルなどが建つ影響で人の数自体は結構いるのだろう。

歩道の脇に、両側にコンクリート塀が建つ小道が現れた。人二人が何とか並べるくらいの幅で、管のようにうねっているので何処《どこ》に繋《つな》がっているのか読めない。

礼奈もその小道に視線を送っているので、何だか面白かった。

「ここ通ってみる？」

礼奈が俺の視線から何かを推察したのか、そう提案してきた。

「いやーどうしよ。一方通行で変な道に繫がってたら嫌だしな」

「冒険も旅行の醍醐味《だいごみ》かもよ？」

「……言われてみればそんな気がしてきた」

相手が志乃原《しのはら》や彩華《あやか》なら、「乗せられて堪《たま》るか」という意味のない対抗心が胸中に燃え上がったかもしれないが、礼奈の前だとこうした欲求に素直になれる。

俺は頷いて、小道に足を向けた。

「行くか。面白そうだし」

「うん。れっつらごー」

礼奈は片手を掲げてみせて、俺についてきた。

付き合っていた頃は、デート中にこうして寄り道することが多々あった。

今回礼奈が提案してきたのは数々の経験があったからに違いない。

隣に目をやると、礼奈は思いなしか浮き立っている。

夕餉《ゆうげ》の時間は十九時半。日の落ち具合から鑑みるに、あと一時間ほどの猶予はあるはずだ。

「礼奈携帯持ってるか？」

「もちろん。悠太くんは持ってきてないの？」

礼奈は驚いたように目を見開いた。そんなに驚くことだろうかと思いながら、俺は「すまん」と謝った。

すると、礼奈はいつになく真剣な面持ちで言ってきた。

「ダメだよ、持ってこなくちゃ。明日は携帯持参しようね」

「お、おう」

「何かあったら困るし。悠太くん、今回運営だろうから」

いつになくはっきりした物言いに違和感があったが、その一言で納得する。

確かに運営側である以上、いつでも連絡は取れるに越したことはない。

「そうだな。財布は持ってるんだけど……砂とか入らないかな」

「じゃあ、これあげる」

礼奈は手に掛けていた巾着袋を掲げてみせた。乳白色の生地に大きな向日葵《ひまわり》が描かれている。

礼奈は巾着袋の中に入っていた財布とスマホを取り出してから、俺に渡してくれた。

「いいのか？　これないと礼奈も困るだろ」

「私は予備があるから、いいの」

礼奈はニコリと口角を上げる。

ここはお言葉に甘えておこう。

「洗って返すよ」

「うん。……きっと返してね」

「きっと？　信用ねえなー、絶対返すっての」

「ふふ、ごめんね」

礼奈は控えめな笑みを浮かべる。

「それで、私の携帯でなにしたかったの？」

「そうだった。時間確認したくて」

俺が答えると、礼奈は「む」と短く唸《うな》った。

「悠太くん、腕時計してくれてるのに」

「あ、そうか」

俺は左腕を見る。普段装着してこなかったせいで、まだ腕時計を確認する習慣がついていない。それどころか、先程コインロッカーから取り出し装着したばかりにもかかわらず存在を忘れてしまう始末だ。

「あー、忘れてたなあ」

「悪い悪い。お洒落《しゃれ》アイテムになってた」

「それにしては、水着がちょっとちぐはぐだけど」

「すいませんでした!!」

「しかたなーい」

礼奈は冗談ぽく返事をして、プッと吹き出した。

それからふいに、空を見上げる。

俺も同じように仰ぎ見ると、茜色《あかねいろ》の空が吸い込まれるような広大さを感じさせた。


コンクリート塀に挟まれた道はほぼ一本道だった。所々に海の家があり、人二人分の浮き輪やイルカ形のボートなどが置かれている。

やがて二本道に分かれてしまい、俺たちは立ち止まった。

一本は明らかに目的地のホテルへ繋がる道だ。ご丁寧に標識が教えてくれている。

「なんだ、結局ホテルに繋がってるんだね」

残念そうな声色で礼奈は呟《つぶや》く。

俺としても見知らぬ川や空き地があったら、都会にはない風情を感じられると思ったのだが。

「まあ、独特の空気感じられたから良かったとするか。ホテルに戻ろう」

「待って、話し声が聞こえる」

礼奈が人差し指をピタリと唇につけてくる。思わず押し黙ると、確かに人の話し声が聞こえてきた。それだけなら珍しくも何ともないが、聞き覚えのある声だったので驚いた。

ホテルとは逆方向に延びる道を、小石を蹴らないよう慎重に進む。曲がり角のところから顔を半分だけ覗《のぞ》かせると、意外な二人だ。

「……大輝《だいき》と琴音《ことね》さんじゃねーか」

そして二人の数十メートル後ろには、古びた立て看板。

俺の視力では文字までは確認できず、小声で礼奈に訊《き》いてみる。

「礼奈、あれ何て書いてる？」

数秒後、礼奈は気まずそうに答えた。

「休憩時間、三時間四千円……」

水を飲んでいる途中だったら吹き出していたに違いない。何とか唾を飲み込んで、俺は立ち去ろうと後退《あとずさ》りした。

すると礼奈の身体《からだ》とぶつかって、もたついている間に話し声が聞こえてくる。

「どうしたいの？」

「いや……そんなつもりで此処《ここ》に来たんじゃなくて。散歩のつもりだったんですけど」

「信用できないなぁ。悪い子だね」

二人の会話から、あの立て看板が何を指し示す物なのか、お互い把握している状況だ。

大輝のことだから本当に偶然なのだろうが、琴音さんは信用し切れていないらしい。

琴音さんもいつもなら面白がっていそうだが、何処となく真剣な雰囲気を漂わせるのは相手が大輝だからというのも関係しているのかもしれない。

「こ、こんな場所にラブホテルあったんだね」

「……海水浴場から徒歩十数分の場所だし、立地としては申し分ないかもな」

後ろの礼奈に、掠《かす》れた声で返事をする。

見てはいけない現場だった。そう思いながら振り返ると、礼奈の後ろに見慣れた人物。

俺は内心、ではなく本当に頭を抱えた。

「なにやってんの、あんたら」

彩華が怪訝《けげん》な顔をして佇《たたず》んでいた。

その後ろには、志乃原がぴょこんと顔を覗かせて「先輩と礼奈さん、二人ですか？」と問いを投げた。それが大輝と琴音さんに聞こえてしまいそうな大きさだったので、俺は慌てて志乃原の口を手で塞ぐ。

「むぐぅ……！」

「いや、なにっていうか。ちょっと静かにしてくれ、バレたら気まずいから」

俺が顔を顰《しか》めてみせると、彩華は察したように息を吐いた。

「なるほどね。一応健全な旅行を謳《うた》ってるから、こういう所には近付かないようにしてほしいんだけど……まあ、新設されたみたいだから仕方ない。私たちも今日気付いたし」

彩華は俺の手を掴《つか》んで、志乃原を解放する。気付かないうちに、志乃原は死にかけていたようだ。

「けほ、先輩に殺されかけた……」

「ああ、ごめん」

「私の命軽すぎ問題――！」

今度は彩華が志乃原の口を塞ぐ。

抗議しようとモゴモゴ言っているが、彩華は「バレたらまずいの。分かった？　分からないと一生このままなんだけど。この一生があと六十秒くらいを指すって分かってる？」と諭し、志乃原を恐怖で黙らせた。さすが元主将。さすがなのか？

彩華は志乃原から手を離すと、俺に向き直る。

「向こうにいるのはうちの人たち？」

「いや、『start』だ」

「じゃあ、此処の対応はあんたに任せようかな」

藤堂《とうどう》がいない現状、それが最善だろう。

志乃原は入ったばかりだし、礼奈と彩華は『start』ですらない。

「……すぐ帰ってくるだろうから、ひとまず退散しよう」

そう言って、俺は自分たちのホテルへ足を向けた。

恋愛は本人たちの問題だ。

部外者の俺たちが、こんなデリケートな場面で介入するのは避けた方が良い。大輝は拒否されたからといって、どうにかしようとするほど人でなしじゃない。

俺は「行くぞ」と声を掛けて、歩き出す。

ついてくるのは二人分の足音。――二人分？

振り返ると、彩華は腰に手を当てて思案していた。そして小さく息を吐き、片手を詫《わ》びるよう翳《かざ》す。

「ごめん。やっぱそれとなく顔出してみる」

「えっ」

俺が止める前に、彩華はサンダルをカツカツ鳴らして大輝たちがいる路地に歩いて行った。

慌てて追い掛けると、そこにいたのは彩華一人。

「……行っちゃった」

俺は彩華の隣でラブホテルを眺める。リゾート感満載のカラフルな外観だった。

遠目からでは分かりづらいが、路地に入った途端の独特な空気はまさしくそういう雰囲気だ。

「まあ、うん。無理やりとかじゃないなら良いんだけど……あんたはどう思う」

「それはない。大輝が偶然この路地に入って、琴音さんがからかい始めてそのうちに……ってところじゃないか」

にしても先程のやり取りからは意外な結果だったが、大輝の片想《かたおも》いが実ったということだろうか。

実っていればいいのだが。

「……ならいいか。万一の可能性を考慮しただけだし」

彩華は二人の人となりを知らないので行動したのだろう。だとしたら、俺が止めた方が良かった。

後悔していると、彩華はその場でラブホテルを眺めた。

「戻るぞ」

「礼奈さんと二人で帰ってきたの？」

「え？」

「……大輝、まじか」

「あ、いや。此処の路地通ってるのに驚いたから」

「偶然だよ。そんで、たまたま現場に遭遇したんだ」

「そ、そう」

彩華は一つ息を吐いて、志乃原と礼奈がいる方へ歩く。

四人が合流すると、志乃原が笑顔を振り撒《ま》いた。

「先輩、向こうに何があったんですか？」

「蕎麦屋《そばや》」

「へえ、蕎麦！　じゃあまた明日行きたいです、連れていってください！」

彩華と礼奈からの視線を感じる。

俺は急いで訂正した。

「ごめん嘘《うそ》。事務所っぽい場所だから、俺らは用ないよ」

「何ですかそのとんちんかんな嘘！　じゃー早くホテル戻りましょ、お腹《なか》ペコペコなので」

「食いすぎるなよ。明日も水着だろ」

「ぐ……先輩はいいですよね思い切り食べられて……」

「まあな。俺太らないし」

「女子の敵！　女子の敵！」

志乃原が地団駄を踏んで悔しがる。その様子に軽く笑いながら、後ろに視線を流した。

視線の先では彩華と礼奈が二人で喋《しゃべ》っている。

「副代表って、サークル内の恋愛事情とか把握してるの？」

「うーん、どうだろ。案外みんな隠れてするし」

「那月《なつき》は？」

「最近彼氏欲しがってそう。変な人に騙《だま》されないか見張ってあげてて」

「任せて。……あとさ。確認しておきたいことがあるんだけど」

礼奈の声色が変化する。

そこで志乃原が俺の腕をムギュッと摘《つま》んだ。

「いでぇ！」

意識を志乃原に戻すと、後輩は屈託のない笑みを浮かべてこちらを見上げている。

「先輩、今日の晩御飯なんだと思います？」

「かまぼこだろ！」

「サイドメニュー!?　普通メインを答えますよね!?」

……まあ、盗み聞きは良くないな。

それからは俺も思い直し、志乃原といつも通りの雑談を交わした。

『start』に留《とど》まらず『Green』の人たちとも交流していたようで、相変わらずの人懐こさだ。

ホテルのエントランスへ到着する頃には、後ろ二人の会話は化粧品の話に切り替わっていた。

先ほどの会話を想起する。

礼奈と彩華のやり取りが、まだ耳に残っていた。

◇◆

目が覚めると、やけに頭が重かった。

隣には藤堂と、後は『start』のサークル員の面々。

大きな海老《えび》や刺身などの夕餉《ゆうげ》、そしてレクリエーションを終えた後にやって来たのは長い自由時間。消灯の時間も特に決まっておらず、ワンフロア貸切のため喋り声程度の騒音は気にする必要がない――そんな条件が整っていれば、学生は我慢が利かない。

誰かしらが持ち込んだ缶ビール、ウイスキー、焼酎瓶。『start』だけの飲み会が始まり、恐らく数時間が経《た》った。

皆《みな》んな酔い潰れて、ダブルベッドに男五人が眠りこけている。

俺は皆んなを起こさないように上体を起こして、ベッドから降りる。

部屋は高校の教室の半分程度の大きさ。ベッドから数メートル先には1Pソファが丸テーブルを挟んで二つ配置されており、二つとも埋まっている。

「あ、起きた？」

「およ、起きたね」

美咲《みさき》と琴音さんだ。

副代表と、元副代表。ほろよい缶が丸テーブルに四つ並んでいるので、俺たちが夢の世界へ誘《いざな》われてからも仲良く飲んでいたのだろう。

「早起きだね。もう一眠りしておく？」

「へ？」

琴音さんの言葉で、窓に視線を移す。カーテンの隙間から光が漏れており、目を疑った。

「……朝日？」

「お酒怖いねー。私たちもさっき起きたところ。どう、飲み直す？」

「どっちですか」

俺がつっこむと、美咲がクスリと笑う。

すっぴんは昨夜初めて見たが、肌艶も良く整った顔立ちだ。

「明日……いや今日に響くんでやめておきます。朝食って十時までですよね？」

「入場は九時半までだよ。朝ごはん抜きになったら悲しいよぉ」

琴音さんはコロコロ笑う。美咲と同様すっぴんだったが、やはり同じくアイドルのような可愛《かわい》さは健在だった。大学生になってからは女子のすっぴんを見る機会は殆《ほとん》ど無い。

こうした旅行においても、琴音さんや美咲以外の女子は男子のいる部屋には来ない。

男の前に顔を出す時点で、多少なりとも自信が――そんな思考が脳裏を過《よぎ》り、ぶんぶんかぶりを振った。外見に大した労力もかけない俺が何を思っても失礼になるだけだ。

「そんなに朝抜くの嫌なの？」

俺の仕草をどう解釈したのか、美咲はそう言って口角を上げた。

「いや、そうじゃないんだけど。……まぁいいや、部屋に戻る」

相部屋の大輝は此処《ここ》にいない。琴音さんに訊《き》こうか迷ったが、すぐに思い直す。

大量のスリッパへ適当に足を突っ込んでいると、後ろから琴音さんの声が掛かる。

「抜いてきなぁ」

「……つっこみませんよ、俺」

「何を？」

「……もういいです」

アルコールが完全に抜けていない状態での会話はカロリーが高い。ドアノブを摑んで、廊下へ出た。

美咲が控えめに笑うのが、後ろから聞こえた。

「……随分朝早いじゃない」

「おはよ。随分な挨拶だな」

いつか言われたのと同じような返事をしてみせる。

廊下の休憩スペースにあるソファでコーヒーを飲んでいたのは、彩華だ。髪を後ろに括《くく》り上げ、部屋着姿で寛《くつろ》いでいる。

俺も何か購入したくなり自販機の前に立ったが、財布がない。部屋に忘れたようだ。

脇の下から手が伸びて、チャリンチャリンと音を鳴らす。消灯状態のボタンたちが一斉に光を宿し、豊富な選択肢を浮かべる。

「いいのか？」

「これくらい。お返しはお寿司《すし》ね」

「んなこったろーと思ったよ」

そう言いながら、微糖のコーヒーを選択する。小気味良い音と共に缶コーヒーが落下する。手に取ったそれは熱を帯びていた。

「……ミスった」

「え？」

「あったかーい買っちゃった」

「あーあ。ま、冷房効いてるし良いんじゃない？」

「さすがに暑くなる気がするけど……まぁいいか」

せっかくの奢《おご》りなのに勿体《もったい》なく感じてしまったが、この二人の時間にお金を払ったと思えば良い。

隣に座ると、彩華の身体《からだ》が一層沈んだ。

「彩華も朝早いな」

「そうね。色々確認しておきたくて」

「何を？」

「日中は班ごとに分かれて色々やるんだけど、穴が無いかのチェックをね。二回目のレクリエーションの段取りとかもあるし、念の為《ため》」

彩華はスマホをちょっとだけ見せてくれる。メモ帳機能には、時間ごとにぎっしり文字が詰まっていた。

寛いでいるだけかと思っていたので、心の中で謝罪する。

「そっちは夜まで何するの？」

「うちは変わらず海水浴。遊ぶだけだな」

「そうなんだ。まあ、それも良いわよね。下手な段取りじゃ、よっぽど自由時間の方が楽しいもの」

修学旅行で自由時間が一番楽しい時間だったのを鑑みるに、俺も彩華の意見に同意だ。

藤堂なら彩華のように色々段取りができただろうが、サークル員たちからのニーズがなければ取り組んでも仕方ない。

俺たちにとっては『Green』と同じホテルに泊まり、レクリエーションに交ぜて貰《もら》えるだけで充分非日常を味わえる。というより、普段バスケしかしていない分海水浴ができるだけで満足だ。

俺の思考に答えるように、彩華はスマホを操作しながら口を開いた。

「私のところは、刺激慣れしてる人が多いからね。だから羽目を外さないか、あんたたち以上に見張らなきゃいけない」

「よく纏《まと》めてんな、流石《さすが》」

「大したことないわよ。やろうと思えば皆んなできることばっかりよ？」

「普通やろうと思わないから凄《すご》いんだって」

彩華と仲良くなければ、俺はきっと運営側の立場を思慮する気持ちはここまで芽生えなかった。芽生えたとしても、もっと先の話になっていたかもしれない。

彩華は時折、自分に無い価値観を与えてくれる。

「その褒め言葉、缶コーヒー分として受け取っておくわ」

彩華はググッと身体を伸ばしてから、立ち上がった。

セパレートタイプのルームウェアからは芳香が漂っている。

「良い匂いする」

「ば、ばか。あんまり言わないでよ」

「なんでだよ。褒められた方が良いだろ」

「そうだけど……そうね。確かに私、こういう時普通に受け入れてたっけ。どうだっけ？」

彩華はその場で佇《たたず》んで、ブツブツ呟《つぶや》いたのち自分の額をコツンと小突いた。

「あーもう調子狂う。部屋戻る、じゃあね」

「え、俺まだコーヒー飲み終わってない。もうちょっといてくれよ」

「く……」

彩華は嬉《うれ》しいようなもどかしいような憎たらしいような、何とも言えない表情を浮かべる。

それから数秒間逡巡《しゅんじゅん》して、俺から顔をフイと逸《そ》らした。

「ここで待つ。早く飲んで」

「鬼畜！　朝のコーヒーくらいゆっくり飲ませて！」

「うっさい早く！」

仕方なく缶コーヒーを一気に飲んで、ゴミ箱へ捨てた。お腹《なか》の中でコーヒーが暴れており、数十分後にトイレへ駆け込む予感がした。

「じゃあ部屋に戻るわ。もう六時半だし、そろそろ人も起きてくる」

「二度寝する気満々の俺にそれ言うかね……罪悪感がもりもりで寝られそうにない」

「はいはい、すぐに寝るくせに」

彩華は小さく笑って、自分の部屋へ歩を進める。

「彩華」

「ん？」

ポニーテールで括られた髪がふわりと靡《なび》く。

艶《あで》やかな軌跡に一旦瞼《まぶた》を閉じて、訊いた。

「……昨日礼奈に何を確認されてたんだ？」

一瞬だった。ほんの刹那、彩華の表情が僅かに固くなった気がした。それは疑念ではなく確信だ。

「何って、化粧品についてよ」

……俺が言及したのは、その前に話していた内容だ。

大輝と琴音さんの逢瀬《おうせ》を目撃してからの帰路で、二人の会話の一部が耳に入った。アルコールの巡る身体でも、その記憶は薄まらなかったのだ。

だが彩華は「なんであんたが気にするの？」と笑った後、肩を竦《すく》めた。

「あんた化粧品に興味あるの？」

「いや、ねえよ。でもお前、それ以外になんか訊かれてなかったか？」

「私から言えることは一つもないわ」

彩華は髪を手で梳《す》いてから、言葉を続ける。

「今回は、あんたに何も言わない。これがサークルの最後の旅行だから」

また数秒間、彩華は目を伏せる。

それから言葉に窮したらしく、大きく息を吐いた。

「悪いけど、これでおしまい。あとは察して」

彩華は「ごめんね」と謝罪を残して、今度こそ部屋へ戻って行く。

角部屋へ姿を消して、朝の廊下には俺一人が残った。

遮音性の高いホテルのため、不気味なくらい物音が聞こえない。

「……何で謝んだよ」

俺の呟いた小さな言葉は、廊下に響くこともなく、壁へ吸い込まれてすぐ消えた。

# 第11話 二日目

二日目の海は昨日よりも遥《はる》かに混雑しているらしかった。

『Green』の面々がいないため空《す》くはずだと高を括っていたが、残念ながらそう上手《うま》くはいかないようだ。彩華《あやか》たちが昼から班行動を組んで何処《どこ》かへ旅立ったのは、この客足を予想していたからなのかもしれない。

那月《なつき》や礼奈《れいな》も向こう側へ行っているため、この海水浴場へ残るのは『start』のメンバーのみ。しかしその大半は海浜公園やホテルで各々休息の時間を取っていた。

「先輩、なんでそんな元気ないんですか！」

「元気だよ！　さっきも外でレクリエーションしたばっかだろ、休んでんだよ！　元々俺はまだ休憩しなきゃなの、決まり事なの！」

志乃原《しのはら》の元気が異常なだけで、日常生活と比較したら俺はいつになくエネルギッシュな自信がある。

水着にジャージを重ねた俺は、隣に座る志乃原に目をやった。

サークル貸切状態のフロアには、恐らく俺たち以外に誰も残っていない。かれこれ一時間ほど通路のソファで寛《くつろ》ぎ中だが、志乃原を除けば人っ子一人見ていない。休息中のサークル員たちも、せっかくの旅行だからせめて海浜公園で潮の風を浴びたいのだろう。海浜公園のベンチには容赦ない陽光が燦々《さんさん》と降り注いでいるので、日焼け止めを塗っていなければ背中の皮はビリビリに破けそうだ。塗っていても、恐らく明日にはビリビリになるだろうが。

「まぁそうなんですけど、こう、今無性になんというか動きたいんですよね」

「その心は」

「私は昨日お酒飲まないまま寝ましたもん。皆《み》んなで飲み会やってるなら誘ってほしかったです！」

「悪いな、うちは健全サークルだから二十歳《はたち》未満は誘えないんだ」

「ポテチで我慢できましたよ私はー！」

コンソメパンチをたらふく食べる志乃原が目に浮かぶ。

それはそれで盛り上がったかもしれないが、志乃原を誘わない理由は明確に存在した。

「じゃあ昨夜は楽しくなかったか？」

訊《き》くと、志乃原はムスッと鼻を鳴らす。

「……楽しかったです。女子会してウェイウェイしました」

「おお、パリピだ！」

「えへへ、なんか楽しかったのでそれも褒め言葉に聞こえます」

志乃原はパーカーの袖で鼻を擦《こす》った。冗談で言ったのでいつものようにつっこんでほしかったが、それくらい充実した時間だったのだろう。昨夜は男から志乃原を始めとした下級生を呼びたいという声も上がったが、止めた甲斐《かい》があった。

同年代同士でしか共有できない時間は絶対にある。

「何にせよ良かったわ。お前上級生とばっか話してるから、同級生とも親交深めてほしかったし」

「え？」

志乃原は俺の言葉に小首を傾《かし》げる。

……野暮《やぼ》だったか。

発言を誤魔化《ごまか》すためにはぐらかそうとすると、志乃原は驚きの事実を口にした。

「私、もう仲良かったですよ？　サークル無い日もたまにご飯行きますし」

「やばい！　俺今一番恥ずかしいやつ！」

「え？　今なんですか？」

「いつも恥ずかしいやつみたいな言い方やめて⁉」

「いや別に恥ずかしいとは……特に朝は格好良かったですよ」

志乃原は目尻を下げて、俺を見つめた。

直球な言葉に、思わず目を逸《そ》らす。

そして今朝の出来事を想起した。

◇◆

朝餉《あさげ》を終えた直後、フロアの休憩スペースに集められた俺たち『start』は藤堂《とうどう》からこう通告された。

「昨日お酒を飲んだ人は、自分のアルコール摂取量に応じて適切な休息を設けるように。ちなみに用意した缶ビールは集計してるから、皆んなの分は大体把握できるからなー」

そしてグループラインに送信されたのは、アルコールが分解されるまでの時間の目安表が載ったサイト。そのURL。

皆んながスマホに目を通しながら釈然としない反応を示すのを視界の隅に捉えて、俺は申し訳ない気持ちになった。

このサイトを探したのは俺だ。つまりアルコール摂取量に応じた休息時間を設けるのは、俺が今朝運営側に提案した案だった。

しかし皆んな、思い思いに感想を口に出してくる。

「えー、去年までそういうの無かったのに！」「去年は山だったじゃん？」「じゃあ一昨年《おととし》！　一昨年無かった！」「じゃあ二杯しか飲んでないことにしよーっと」

　これらの反応を目の当たりにして、俺は余計なことをしたと思ってしまった。

　旅行は二泊三日という限られた時間。皆んななるべく多くの時間を愉《たの》しみたいはずだ。

　集団行動では正論を押し付ければ良いとは限らない。元々休息時間を設ける案なんて出ていなかったし、俺の思い付きで皆んなの時間を奪うことになってしまう。

『start』の面々がサイトを閲覧しながら不満げに口を尖《とが》らせる光景に心を痛めていると、美咲《みさき》が近付いてきた。

「どうする？　前出て説明する？」

「やめといた方がいいかなって思っちまった」

「え？」

「あー、びびったんだ。なるほどね」

　美咲は小首を傾げた後、ニヤリと笑った。

「ちがっ……いや、そうだな。余計なことしたって反省してる」

「あはは、何言ってんのよ」

　美咲は豪快に背中をバシンと叩《たた》く。

「良い案だって思ったから即採用したんだよ、自信持て！　私たちも頭の中にはあったんだけど、無意識に愉しさ優先して保留にしちゃってた。それを悠太《ゆうた》が掘り起こしてくれたんだから、不満があったら藤堂が責任取るよ」

「藤堂なんだ……いや確かに代表だけど不憫《ふびん》だな……」

普段藤堂と美咲が何を話し合っているのか知らなかったが、もしかしたら結構苦労もあるのかもしれない。

「この場も藤堂に任せてたら、何とか収まるのかね」

皆んなそろそろサイトを読み終わる頃だ。半分も読まずに雑談し始める人間もいる。

そんな様子をひとしきり眺めた後、藤堂に視線を流した。

藤堂は皆んなの発言に特に言葉を返す様子もなく、俺を見つめていた。

その瞳には、俺を試すような色が帯びている。

……分かったよ。

「行くか！」

俺はそう自分を鼓舞して、頰《ほお》を両手で叩く。

一度くらいこういう機会が無ければ、将来運営側に参加した記憶も薄れてしまうに違いない。それは些《いささ》か勿体《もったい》ないと自分に言い聞かせて、藤堂の元へ移動する。

後ろから美咲が小声で「ふぁいと！」と応援してくれた。

藤堂を中心に展開された半円には、招待された人を含めて三十数人。人数は高校でいう一クラスといったところか。

中高生時代、クラスの前に出て何かを発表する際はいつも緊張した。発言の途中に噛《か》んで、普段は気にならないような笑いに敏感になった経験も幾度もある。そのくせ自分が傍観者になった時は、頭の中で他人の発表を評価する——思い返せば、何様だったんだろう。

中心地に辿《たど》り着くと、藤堂は無言で美咲の隣へ移動した。

半円の端から、二人の視線が注がれる。

『start』の日常を支える二人から、この場を任せられている。

皆んなの前に立つと、緊張で唇が乾いているのを自覚した。

何せ、数十人の前に立って話をするのは三、四年ぶりだ。

六、七人と面識のない人たちがいるが、過半数は仲睦《むつ》まじい間柄。それにもかかわらず緊張するのは、自信がないからか、経験が足りないからか、はたまたその両方か。

皆んなの瞳に、俺を試す色があるように思えてならない。かつての俺と同じ思考回路を持つかなんて知るところではない。しかし自身の過去も相まって、情けなくも被害妄想は捗《はかど》るばかりだ。

この何倍もの規模で、いつも彩華は。

彩華に堂々とした振る舞いができるのは、彼女の根幹に自信と経験があるからだ。それは俺に足りないもの。

でも、と弱気な心に否定を入れる。

――経験だけは、今すぐ一つ積めるじゃないか。

きっとこの一歩の積み重ねが、俺を大人にしてくれる。人として成長させてくれる。

むしろこれをチャンスと捉えたら、頑張る理由付けには充分だ。

俺はなるべく皆んなの目を見ないようにして、口を開いた。

「皆んな、まずこの案出したの俺なんだけどさ」

いつもより乾いた声が喉から発せられる。

その事実にいきなりペースを乱されそうになった。

第一、元来俺は皆んなの前で何か発言する際は事前に内容を多少なりとも考えておきたいタイプだ。

皆んなの前でしどろもどろになったらと思うと足がすくむ。

その時、口々に声が上がった。「えー、珍しい!」「なんで悠太がこんな案出したの?」

「俺らをいじめたいのか!」

俺は目を瞬かせた。

「いや、ごめん。そういうわけじゃないんだけどな」

……そうか。

緊張感が身体《からだ》から抜けていく。

会話をすればいいだけだ。一対一で進めている会話のように、話題を場に投げかけるだけでいい。これは話題が事前に決められているだけで、やることは変わらない。いつも通りの会話の対象が増えただけだ。

そう思うと、笑い出しそうになった。人前で喋《しゃべ》るのがこんなに簡単なことだったなんて。

意識を一つ変えるだけで、格段に頭が冴《さ》えた気がする。

勿論《もちろん》これが全員見知らぬ人の場合や、面接などの重要な局面なら別格の緊張が襲ってくるのだろう。でもこの調子で一歩を重ねていけば、どれも克服できるような希望が持てた。

高校時代、人前に立つ際この思考を持てていなかったのは、俺に何かが足りなかったから。

今この思考に至ったのは、これまでの大学生活で何かを得ていたから。

具体的にどのような力かは分からない。一つの力か、ちりのような力の積み重ねなのかもしれない。

だが空虚だと思った時間の中にも成長のきっかけになる要素は恐らくあったのだ。

今日はこの感覚を摑《つか》めただけでも僥倖《ぎようこう》だ。

「んー、まず俺らの誰かが事故る可能性が高まるのは分かるよな？」

俺はポケットからスマホを出して、翳《かざ》してみせた。

「そりゃ分かるけどよー」

皆《み》んなの反応に首を縦に振る。

アルコールによる事故。大学生なら、頭では理解できる事柄だ。

しかしどうしても現実感に欠けるから、自分の欲求を優先したくなる。俺だって、今までそうだった。

中高生の修学旅行では自由行動が許された範囲内から少しだけ抜け出してみたり、日常生活でも立ち入り禁止の屋上に侵入したり。危険性を理解した上で、自身の欲求を優先した過去がある。そんな俺に響く言葉は自身への危険性というよりは——

「別にその結果自分がどうなるかとか、有事の際に責任の所在がどこにいくだとか、そんな分かりきった正論を皆んなに伝える気はないんだよ。それを分かった上の反応だろうしさ」

皆んなの反応が渋くなる。せっかくの旅行に水を差す存在。そいつが友達なので、どう反応したものか考えあぐねているような表情が散見される。

しかし、対して比較的素直な表情を浮かべているのは後輩たちだ。サークル旅行へ初めて参加する一年生や、志乃原。皆んな等しく上級生が大事にする後輩。

『start』に危うさがありながらも団結力があるのは、各々メンバーを気に入っているから。これが共通点としてあるのなら、今からの言葉は響いてくれるはずだ。

「——ただ、来年も素直に旅行を楽しみたいやつが此処《ここ》にいる。『start』って場所を守るのが、最低限の先輩ってやつだろ」

　上級生たちの顔がピクリと動く。

　半円の隅にいる藤堂と美咲が、指で小さく丸を作るのが見えた。

「俺らの一人でも何かがあったら、来年から公認サークルとしての活動はきっと制限される。可愛《かわい》い後輩のために、数時間だけ我慢しようぜ」

　付言すると、半円の中心後部から声が上がる。

「私たちのために休んでくださーい」

　戯《おど》けたような声色は、志乃原のものだ。

　拙い説明には最大級の援護といってもいい。

　志乃原の発言後、立て続けに声が上がった。

「後輩の頼みなら仕方ないか」「数時間くらいならな」「俺夕方まで掛かるんだけどー……くそ、こんなことなら昨日もう少し控えとけばよかった」

　各々の反応の前に言葉を挟もうとすると、半円の隅でパンパンと手が鳴った。

「一応レクリエーション用意してるから、各自休憩するのが退屈だーって人は十時に海浜公園集合ね！」

　美咲が副代表らしく、凛《りん》とした声を張る。

　皆んなそれで決まりだというように、バラバラだが了承の返事をしてくれた。

ホッと安堵《あんど》して、何となく藤堂と美咲の元へ足を運ぶ。

二人は俺を見ると、頬を緩めた。

「良い説明だったぜ、悠」

「これがサークル費滞納してた人と同一人物とはねー」

「許してくれ……もう滞納しないよ」

同じような状況のサークル員がいたら、俺からしか言えない内容もありそうだ。

藤堂も美咲の発言に同様の感想を抱いたのか「他のやつが滞納したら悠を充てがえるって考えよう」と笑った。

◇◆

──これが朝の出来事。

藤堂たちと急ピッチで考えたレクリエーションで一時間ほど愉《たの》しみ、今は下級生が輪になって海で遊んでいるはずだ。

俺ももうそろそろ休息時間から解放されるが、提案した手前最後まで残ろうと思っていた。肝心のホテルには誰一人いないのだが。

やはり海浜公園へ戻るべきだろうかと思案していると、志乃原が言葉を紡いだ。

「朝のやつ、先輩が考えたなんて意外でしたよ」

「そうか？」

「そうです。だって先輩ですよ？」

自堕落な姿を見続けていたからこその発言だ。

俺は「容赦ねえな」と苦笑いした。

「……まあ自分でも意外だよ。今までなら無理やり運営に誘われたって傍観してるだけだったろーし、ていうか旅行に行ってなかった可能性すらある」

「先輩がいなきゃ愉しさ五分の一減なので、参加していただいて嬉《うれ》しいです！」

「めっちゃ微妙な数字で反応しづらい！　半減で良かっただろそこは！」

志乃原は愉快そうにケラケラ笑った。

そしてぴょんとソファから跳ねて、向き直る。昨日とは異なる水着がパーカーの下からこちらを覗《のぞ》いていた。

「──先輩も変わろうとしてるんですね」

「え？」

「何ていうか、それが伝わる時間でした。あの場に私しかいなかったのはラッキーですかね」

「いや、めっちゃ人いたから緊張したんだけど。さすがにお前じゃ緊張しねーよ」

「むっか！　緊張するくせに！　したことあるくせに！」

「はは、一体いっ――」

言いかけると、志乃原が俺の膝に飛び乗った。

ひっくり返りそうになって、何とか体勢を整える。

「なにやってん――」

目と鼻の先に志乃原の顔、甘い吐息。

観覧車の情景がフラッシュバックした。

「ふふ。思い出しました？　最近なんか忘れられてるなって思ってたので」

「こんな至近距離だと誰でも緊張するっての！」

「そうですか？　私はそうは思いませんけど」

「ど、どういう意味だよ」

訊《き》くと、志乃原は俺の片腕を掴んだ。そして自らのパーカーのジッパーに置いて、下に力を加えてくる。

徐々にジッパーが下がっていき、露《あら》わになった谷間には少量の汗が浮かんでいる。

「だって、そもそも先輩はこんな近くに来る人を拒否しますよね」

「あ、当たり前だろ。お前がぐいぐい来るから……」

「私が？」

志乃原は更に力を込める。

露わになっていくのは水着姿だというのに、艶《あで》やかな雰囲気は増すばかりだ。

「先輩──自覚が無くても、伝わるものもありますよ」

「何が──っ」

「それはですね」

頬《ほお》を染めた志乃原が、何かに気付いたように目を丸くした。

何度も何度も瞬《まばた》きしてから、唇をキュッと結ぶ。

「……ド、ドキドキしてるじゃないですか」

「……そんな格好で接近されたら誰だってこうなるんだよ。離れてくれ」

「いいんですか？　離れて」

いつもの悪戯《いたずら》っぽい笑みはなく、素直な問いかけだった。……尚更《なおさら》離れてほしい。

志乃原から視線を逸《そ》らすために天井を見上げる。手入れの行き届いた天井が反射して、俺たち二人を映していた。

暫《しばら》く時間が経《た》ち、志乃原はようやく俺から離れる。

「ふふ」

「んだよ」

「だって、いつもの先輩なら力ずくでどかせてますよ？　嬉しいんです」

「……そうか？　初めて泊まった時、添い寝したろ」

「今と状況は違うじゃないですかー」

志乃原は口を尖《とが》らせてから、ニコリと笑う。

「サークルの旅行中ですし、これくらいにしておきますね」

そう言って、志乃原は力こぶを作ってみせる。

パーカー越しでは殆《ほとん》ど膨らみは視認できなかったが、特に指摘はしなかった。胸の鼓動が、脳みそにそれどころではないと主張している。

「化粧直しとか、諸々《もろもろ》の準備してきます。海浜公園で会いましょうっ」

志乃原はそう言い残してトタトタ廊下を駆ける。華奢《きゃしゃ》な背中を無心で眺め続けると、不意にこちらを振り返った。

頰を紅《あか》く染めた後輩が、親しげな視線を送ってくる。

「先輩！」

「なんだ！」

「私、嫌じゃなかったですからね！」

「は、早く行け！」

大きな声で咎《とが》める。志乃原は白い歯をみせて、また廊下を駆けた。

やがて自分の部屋へ姿を消して、廊下に静寂が戻る。

……根源的な欲求とはいえ、志乃原に気遣わせてしまった。
俺は大きく溜息《ためいき》を吐《つ》いて、ソファにもたれ掛かる。
心なしか朝方の演説よりも身体《からだ》が強張《こわば》っていた。

# 第12話　関係の終わり

スポーツ刈りを茶髪に染めた男が、憮然《ぶぜん》とした面持ちで焼きそばを食べている。

鍛えられた身体は砂浜によく似合うが、隣に精悍《せいかん》な青年が座っているため視線の多くは彼に注がれる。

大輝《だいき》と藤堂《とうどう》が隣り合って間食するのを、俺はビーチバレーのボールを抱えて傍観していた。

「まだ食ってるのかよ。早くビーチバレーに戻ろうぜ」

催促すると、藤堂がやれやれとかぶりを振った。

「急《せ》かすなよ。焦って食ったら腹痛くなるだろ？」

「代わりに俺が食うぞ？」

「いつになく燃えてんなー」

藤堂は軽く笑って、また焼きそばへ戻る。

俺は嘆息して、塀に手をついた。

砂浜とコンクリートの境目には、高さが成人男性の腰ほどの塀がある。一足先に砂浜へ降り立った俺は、手持ち無沙汰でボールを腕でリフティングした。

塀に腰掛ける二人が間食を始めてから、恐らく三十分以上経つ。つまりそれは俺たちがビーチバレーから抜けた時間だ。

これ以上時間を潰したら、現在『start』で絶賛盛り上がり中であるビーチバレーへの熱が冷めてしまいかねない。

先程志乃原《しのはら》や美咲《みさき》のいる女子チームに敗北した俺は、一刻も早くリベンジしたかった。やる気を失った彼女たちに勝っても嬉しくないので焦りがある訳なのだが、相変わらず藤堂はスローペースで食べ進める。

「藤堂さー。大輝を見習えっての」

俺は大輝の横に視線をずらした。そこには空になった容器が二つ。彩華《あやか》もびっくりの食欲だ。

大輝は今しがたの発言の影響か、ガツガツ焼きそばを口に含み、一気に飲み込んだ。

「俺は食わずにゃやってられねーだけだ！」

「噛《か》めよ！　お前今噛んでなかったよな⁉」

焼きそばは飲み物と言わんばかりのスピードに、俺は思わず文脈関係なくつっこんだ。

藤堂は「早死にするぞ」と息を吐いて、大輝に訊いた。

「琴音さんと何かあっただろ？」

それは俺も気になるところだった。

昨日大輝が琴音さんとラブホ前にいたのは、一夜で忘却できないくらい衝撃的な光景だ。ラブホへ消えた時間の出来事を追及したかったが、大輝は昨夜飲み会に参加しなかった。

無論あの場には琴音《ことね》さんもいたから、大輝も参加しづらい状況であったに違いない。

しかしそんな俺の推測は、根底から覆された。

「ガッツリ振られた」

「は⁉」

俺は思わず素っ頓狂な声を上げた。

「んだよその反応」

「いや、意外すぎて。なんていうか、その」

大輝は俺の言い分に釈然としない表情を浮かべた後、盛大に溜息を吐く。

「意外でも何でもないだろ、練習中もいつもあしらわれるばっかだったし。琴音さんと付き合ってる、みたいな噂《うわさ》流れた時も全力で否定されてたろ？」

藤堂は当時のことを想起したのか、「確かにな」と苦笑いした。大輝はその反応にまた焼きそばをかき込んで、嚥下《えんげ》すると同時に空を見上げる。

雲一つない空は、俺たちに容赦なく紫外線を浴びせてくる。

「でもまあ——ついにしっかり振られたって感じだよ」

大輝は陰鬱な声色で言い切ると、一気に焼きそばを完食した。どうやら大輝はストレスの矛先が食にいくタイプらしい。

「まぁ難しいよ、琴音さんは」

藤堂は大輝の肩をぽんぽん叩《たた》く。

「お前さえそう言うなら、ほんとにそうなんだろうけど。あの人摑《つか》みどころないしな。そこが好きだったんだけど」

返事をしながら落ち込んでいく大輝は、やがて頭を抱えた。

「昨日のムーブがダメだったんだなあ」

「……帰り道のか？」

迷った末に訊《き》くと、大輝は口をあんぐり開けた。

「んだよ、悠太《ゆうた》見てたのかよ！」

「なになに」

藤堂が興味津々というように口角を上げる。

相手が大輝でなければ、目端のきく藤堂は上手《うま》い慰めを思案しただろう。

しかし俺たちの仲で、大輝が気遣われてマシになるとは到底思えない。俺が大輝の立場なら振られた直後はそっとしてほしい気もするけれど。

「いや、昨日偶然ラブホの前を通り掛かってさ。俺から琴音さんを帰り道に誘ったから、ほら、気まずくなっちまって」

「めっちゃすっ飛ばしてんじゃん。琴音さんじゃなかったらその時点でドン引きだろ」

藤堂はくつくつ笑ってから、むせるようなげっぷをした。

それから焼きそばを俺に寄越《よこ》す。大輝の間食に付き合った結果、ギブアップらしい。

俺は反射的に受け取ったものの、ビーチバレーを考慮すると食べられない。

突っ返そうか迷った瞬間、容器が手元から消えた。大輝が驚きの速さで容器を奪い取ったのだ。そしてまるで飲み物かのように残った焼きそばを全て口に流し込む。俺と藤堂はマジマジと大輝の大食漢ぶりを凝視して、思わず顔を見合わせた。

大輝はこともなげに空の容器を傍《そば》に置き、言葉を連ねた。

「いや、ラブホを通り掛かるなんてマジで偶然で、俺はビビり倒したわけ。遠回しに誘ってるなんて思われたらどうしようってさ」

今しがたの大食いが錯覚かと疑うほどスルーされていて、口をついて言葉が出た。

「胃袋のどこに……まあいいや」

本題ではないことを思い出して何とか疑問を飲み込むと、代わりに藤堂が言葉を返す。

「大輝、いざ誘う時は直球勝負しそうだもんな」

「いや、意外とチキンだと思うぞ」

「勝手に決めんな！　ガッツリ誘えますから！」

大輝は俺にジタバタ抗議してから、砂浜に飛び降りてくる。

上半身は今夜にでも痛みを伴いそうなほど赤く焼けていた。

「実際、琴音さんが誘ってきたんだよなぁ。てかこれ誰にも言うなよ？」

大輝の発言は、普通なら驚くべき場面だ。

しかし琴音さんの人となりを知る俺たちは「あー」と平坦《へいたん》な声を漏らす。

「そこ。もっと驚けよ、特に藤堂」

「いや、あの人実はお堅いって人でもないし。少なからずお前に好意あるのは分かってたし、そういうこともあるかって納得しただけよ」

藤堂は明け透けな感想を言う。

「実際お前、琴音さんと良い感じになってた時あったろ？　悠がちょうど幽霊になってた時期にさ。どっちかというと、最初は琴音さんの片想《かたおも》いだったじゃん」

「その時は俺も他に気になる子がいたんだよー。バイト先で……でもいざ琴音さんが離れると、なんか追い掛けたくなって、いつの間にか惚《ほ》れてたんだ。思い出させんなまじで」

大輝は当時の自分を想起したのか、吐息に後悔の念を滲《にじ》ませる。

「つーかそれについても言われたよ。あの時全然靡《なび》かなかったのに、って」

「でも大輝にそんなつもりなかったんだろ？」

俺が口を挟むと、大輝はこめかみに手を当てた。

「……どうなんだろな。入り口まで連れて行かれる時、殆《ほとん》ど抵抗もしなかったし。いきなりで混乱してたのもあるけど、頭の片隅では喜んでたと思う」

大輝は一旦口を噤《つぐ》んで、溜息を吐く。

「で、浮かれてたら受付が見えた瞬間にUターン。外に出てからの第一声が、ヤりたいだけならわざわざ付き合う意味ないんじゃない？　だって」

藤堂が「きっついな」と顔を顰《しか》める。

「否定したら、じゃあ今からどうしたい？　って。ここだ！　と思って告白したら、撃沈した」

……当時の琴音さんの心情は分からない。

俺たちは大輝の言い分しか聞けない。こうしたデリケートな話題を無遠慮に振るほど、琴音さんと親しい仲とは言い難いからだ。

一方の意見だけしか得られないこの状況下。しかし琴音さんには彼女なりの決め事があり、それに大輝が該当しなかったという事実だけは伝わった。

「一回良い感じになった時期があっただけに余計しんどいんだよなー。昨日の夜から後悔ばっかしてるわ」

大輝は頭をガシガシ掻《か》いて、俺からバレーボールを引ったくった。乱雑にリフティングをし始める大輝にいつもならツッコミを入れるところだが、今回ばかりは静かに見守る。

琴音さんは大輝に対してどんな感情を抱いていたのだろう。

何故《なぜ》大輝をホテルに誘うような真似《まね》をしてから振ったのだろう。

ふと——大輝が自分に対して本気かどうか試したのではないか、と思った。琴音さんは、本気であれば然《しか》るべき手順を踏むはずだと考えていたのかもしれない。

たとえこの推測が正しくても、後の祭りだから仕方ない話だ。

大輝の表情を鑑みるにきっと本人も似たような結論に達している。たった一瞬の揺れを我慢できなかったことへの悔恨を覚えて、俺たちに吐露している。

藤堂も俺と同じ思考をしていたのか、先程までの笑みは消えていた。

「藤堂は彼女持ちだから関係ないだろうけどさ。悠太も気を付けろよ。隣にいる人が、いつまでもいてくれるとは限らない」

「……いきなりだな。それは分かってるつもりだよ」

梅雨時の一件。最も長い時間隣にいてくれた人との関係性が、危うく揺れた。

僅かな期間ではあるものの、親しい人と疎遠になる可能性を痛いほど実感している。

大輝は「そうか」と頷《うなず》いて、バレーボールを軽く蹴飛ばす。凸凹の砂浜では殆どバウンドせず、すぐに動きを止めてしまう。

「……どの立場で言ってんだって話だけどな。多分そんくらい、男女の友情って危ういものなんだよ。些細《ささい》なきっかけで、純粋な関係じゃいられなくなる」

大輝の声色は、琴音さんとの関係を想っているのか些《いささ》か気持ちが籠っていた。

……男女の友情。肯定派、否定派に分かれて頻繁に議論が交わされる使い古されたお題。その場でどんな言葉を紡いでも、何も経験しないうちは机上の空論だ。しかし一度経験すれば、発言の重みは格段に増す。

事実今しがたの大輝の言葉は、俺にとって無視できないものになっている。

普段なら聞き流す言葉が、やけに頭に響く。

「男女の友情が一回あやふやになったら、そりゃ決壊寸前だ。悠太も最近、よく女友達連れてくるだろ。大丈夫なのか」

憂いの帯びた瞳が俺の姿を映す。

最近。その単語が付言されたということは、志乃原や礼奈《れいな》に言及しているのは明白だ。

……あの二人が、大輝からみれば危うい関係に映る。

そして藤堂だって恐らく同じ所感を持っている。昨日の言動は大輝と同じ意図があったと解釈するのが自然だ。

肝心の当人たちが納得していれば、そんな憂いは関係ない。

今まで何度も自分にそう言い聞かせてきた。

相手が自分と同じ気持ちだと信じるからこそだ。

だがそれは今朝の出来事と同じく、思考を変えれば異なる捉え方だってできる。

即《すなわ》ち、どちらかが納得したフリをしている可能性。

佳代子《かよこ》の話を思い出し、俺は俯《うつむ》いた。

「なんで俺にアドバイスしてくれるんだ」

静かな声で問いを投げる。

辺りの喧騒《けんそう》からも波の音がはっきり判《わか》るように、大輝が一瞬迷うように息を吐いたのが判った。

「……友達に俺の失敗を繰り返してほしくねーじゃん」

「……そうか」

その回答に、俺は口を結んだ。すると、代わりに藤堂が大輝に訊いた。

「決壊しないためにはどーすりゃいいと思う？」

「なんで藤堂が訊くんだよ。お前は大丈夫だろ」

大輝は気怠《けだる》げな声で答えながらも、続けた。

「俺も失敗したてだから分かんねーけど……とりあえず、靡かないことじゃないか。一回欲情したら、もう終わりよ」

砂浜の凹凸を三人で歩きながら、バレーボールを拾い上げる。軽く宙に投げると、大輝がそれをキャッチした。

「あーあ。終わる時は一瞬だな」

　大輝はあっけらかんと言い放つ。

　明るく振る舞っているということは、俺と藤堂も理解している。

　だからこそ次の言葉に窮していたが、大輝は慰めを待っていた訳ではないらしく、腕をぐるぐる回しながら言った。

「気晴らしにナンパでもしようかな。悠太も付き合ってくれよ」

「あほ。できるかよ」

　大輝の強がりからくる発言に、俺は肩を竦《すく》める。

「なんでさ。お前彼女いねーじゃん」

「そんな勇気があるように見えるか？」

「見えるけど……まぁそっか。お前今バレーやりたいんだもんな」

　大輝はバレーボールを数メートル先に放り投げる。

　その先には簡易的に作られたバレーコート。俺たち三人の到来で、コートエリアで過ごすサークル員たちが一斉にこちらを振り向いた。

「先輩ー！　リベンジマッチ希望ですか！」

　その中にいた志乃原が、大きい声で俺を呼んだ。隣の美咲も、俺たちに手を振っている。

　手を掲げて応えながら、思った。

終わるのが一瞬なのだとしたら、この時間は奇跡のようなものなのかもしれない、と。
転がるボールを拾い上げて、またコートに投げる。
一際激しい潮風が吹いた。
ボールは歪《いびつ》な軌道を描き、コートから大きく逸《そ》れて落下する。
その時、ポケットに入れていた巾着袋が震えた。
スマホのバイブが鳴っている。
現実へ引き戻すように。
夢は終わりと告げるように。

# 第13話　情欲

元恋人。

相手を深く理解して、その人を丸ごと好きになる。そんな関係性が途絶えた時、この不名誉な称号は与えられる。

私は元カノという単語が嫌いだ。

私と悠太《ゆうた》くんの関係を表す上で最も適切な単語だとしても——いや、だからこそ嫌いなのかもしれない。

〝あなたの出番はもう終わりました〟って、暗に言われている気がするから。

高校の部活を引退した先輩は練習に訪れても、研鑽《けんさん》した力を発揮する場所はない。大学で部活を続ける人なら兎《と》も角《かく》、明らかにそうじゃない人も弓道場に顔を出しに来る。先輩が弓を射るのを眺めながら、私はよく疑問に思っていた。

なんで引退した身で、弓道場へ来るんだろうって。

今なら解《わか》る。

ただ、寂しいからだ。自身の出番が終わったことを知っていても、信じたくない。心の何処《どこ》かに受け入れられない気持ちがあるから、漏れ出る感情を弓矢に乗せる。

一矢、また一矢と射ることで、心の整理をつけていく。

今の私も、傍《はた》からみればそう映ってしまうのだろうか。

私なりに頑張っている。彼のサークルになるべく顔を出したり、悠太くんと顔を合わせる頻度を調整したり。思ったことを言葉にしたり、異性だと意識してもらうために慣れない色目をつかってみたり。

私のことをもっと理解してもらいたいって、大学に招待してみたり。

……この全てが心の整理？

これからどんな行動を取っても、引退した人間が心の整理をしているだけだと片付けられるの？

嫌だ。そんなの、嫌だ。

でも現実は私がコントロールできるほど甘くない。

私から提案した真由《まゆ》ちゃんとの仮交際は、ただ二人の距離を縮めるだけ。私という存在を再度彼の選択肢に浮かばせることには繋《つな》がらなかった。

それどころか最近の悠太くんの目は――かつての私と同じ。引退した先輩を見つめる、あの目と同じ。

悠太くんの目は、私の行動を俯瞰《ふかん》して見守るような、温かく、そして冷静な色。

悠太くんが私のことを想《おも》ってくれているからこその温かさだと理解している。

悠太くんが私の想いを理解しているからこその冷静さだと理解している。

再スタートのゴールを復縁と定めるこの思考回路は、他でもない私が彼に発言していたから。復縁という単語を明言していなくても、そう捉えられて当然の言動を繰り返した。

私の行動の大半は悠太くんの負担になっている。

彼自身は口が裂けても言わないと思うけど……チャンスだって、恐らく皆無だ。

彼を想う人が私しかいないのなら、長期戦で臨めた戦いだった。

それなのに、彼の周りには最強の敵。

対抗するには、彼女たちにはとれない手段を。……そんな手段、ほんとにあるのかな。

私が元カノである限り。もう一度はじめましてができない限り、半端な手段じゃ意味がない。

いっそ私という存在を全て忘れてほしい。

彼の記憶が無くなった方が、まだチャンスはあると思うから。

その思考に至った私は、自己嫌悪した。

……最低だな、私。

彩華《あやか》さんならきっと、彼を優先して考える。彼の記憶が無くなったらなんて、絶対考えない。

……でも。でも、手が無さすぎるんだもん。

悠太くんが私を元カノだと認識している限り、私を〝相坂礼奈《あいさかれいな》〟だと認識している限り、チャンスは来ない。他の人と違って、私は今回最初からハンデを背負った状態だ。

自業自得だと知っている。意思疎通ができなかった末に生まれたハンデだと解っている。

でもそれは私にとって、どうしようもなく認めたくない現実なことに変わりない。

受け入れなければ先もないって、解ってるけど。

……今しかないんだ。

旅行前に彩華さんに電話した際、一時戦線離脱するかのような発言があった。それに対する私の返事は彼女によって遮られた。

あの時、本当はこう言うつもりだった。

――私は、違うからね。

後のやり取りでその気持ちは揺らいだけれど、結局決意は変わらなかった。

彩華さんの温泉旅行についての投稿を見たからだ。一枚の写真に、僅かに写り込んだ雪《ゆき》豹《ひょう》のキーホルダー。私には、あれが悠太くんの家の鍵に付いているものだと判った。あれは、彼女が時に大胆な行動をする証拠。そして未《いま》だ悠太くんに照準を定めている証拠。

進む理由になった。

退路を絶つ理由になった。

そして彼の周りにいる二人は、実質的に休戦状態。

真由ちゃんがサークル員との交流を優先するのも、彩華さんが運営を優先するのも事前に会話の中から確認済み。

加えて旅行という、悠太くんの気分が盛り上がると確信できる数少ないシチュエーション。こんな条件が重なるのは、きっと今だけ。

だから私は何度も何度も咀嚼《そしゃく》して、ハンデを背負った現実をようやく嚥下《えんげ》する。

……考えなきゃ。

この旅行に至るまで、ずっと思考を巡らせた。

もう一度だけ素直な目で見てもらう必要がある。

彼に私が相坂礼奈だということを忘れさせる必要がある。

忘れさせて、頭を真っ白にさせて、私が元カノであることすらも意識の外へ乖離《かいり》させるにはどうすれば。

一つだけ、案が浮かんだ。

悠太くんの枷《かせ》を外す、最後の手段。

これを外せば、今まで通りにはいられない。

この夢のような時間も終わる。
それを承知した上で。

ホテルの一室で瞼《まぶた》を開ける。
そしてスマホを手に取った。
——機は熟した。覚悟も決まった。
スマホを一切の躊躇《ためら》いもなく操作して、悠太くんを呼び出す。
この関係を軽んじた訳じゃない。
どんなに時間が経《た》っても一緒にいたいとも思っている。
だけど私は迷わず進む。
ただ一緒に時間を過ごす——
それ以上に、欲する結果がそこにある。
もう一度あなたと、やり直せるなら。

◇◆◇◆

呼び出されたホテルの一室の前に立つ。

廊下には人っ子一人いない。元々このフロア一帯は貸切状態なので、それ自体は当然だ。

もう夕方に差し掛かる時間帯だから、『start』は全員海水浴を楽しんでいる。

そして『Green』は別行動中。

だからこそ、疑念が湧く。

礼奈から連絡が来た。なんで礼奈から、このホテルに呼び出されたんだろう。

『今、部屋に来て？　理由は聞かないでほしいかな』

文言はこれだけだった。

考えられる可能性としては体調不良だろうが、それだと理由を質問させない意図が不明だ。

「……ここで考えても仕方ねえな」

パーカーのジッパーを一番上まで上げてから、扉を三回ノックする。

インターホンのような設備が無いため、到着を知らせる手段はこれしかない。

気付いてもらえなければ、スマホで連絡するしかなさそうだ。

しかしそれも杞憂《きゆう》に終わり、ドアはすぐに開いた。

部屋着姿の礼奈が、ひょこりと顔を覗《のぞ》かせる。

「悠太くん。ごめんね、呼び出しちゃったりして」

「いや、全然良いんだけど。どうした？　大丈夫か」

「うん、大丈夫。とりあえず中に入って？」

礼奈は俺を中に促して、部屋へ戻る。

俺も少しの逡巡《しゅんじゅん》の末、部屋へお邪魔した。

「おお、なんか俺の部屋と全然違うわ」

そう言いながら、視線を巡らせた。

「ほんと？　同じフロアなのに」

「いや、構造は同じだと思うんだけどな。部屋の雰囲気とか」

十畳ほどの広さの部屋には、セミダブルベッドが二つ並ぶ。ベッド以外には小さなテレビや、奥のスペースには丸テーブルと椅子が二つ。窓から景色が楽しめるようになっている。だが異なる部分はそこではなく、荷物の整理のされ方だ。

俺の部屋はトランクが開けっ放しになったり、部屋着やタオルがベッドに置かれていたりという散らかり具合。対してこの部屋は「一日で散らかる訳ないじゃん」と主張するかのような綺麗《きれい》さが保たれている。

そして心なしか、良い香りもするような。

「相部屋の人、那月《なつき》だよな？　綺麗に整頓されてんな」

「うん。だから大丈夫かなって」

一日でどれだけ汚れてたの、というような返事はなかった。

普段よりいくらか淡白な返事に思えたが、俺が麻痺《まひ》しているだけかもしれない。

特に気にせず部屋を見渡す。

「そうか。大丈夫といえば、礼奈」

俺は礼奈の顔色を窺《うかが》った。一見、青白かったり、火照っていたりなどの具合は確認できない。

「体調不良か？　なんで『Green』の人たちと一緒にいないんだ」

「体調不良じゃないよ」

その答えに、俺はいくらかホッとした。

違うだろうとは思っていても、やはり心配だった。

「ごめんね、心配させて」

「いや、いいんだ。……じゃあますます気になるんだけど、なんで部屋に戻ってるんだ？　もしかして、やっぱ馴染《なじ》めなかったとか」

これは旅行へ参加する前から懸念していたことだ。

礼奈にとって、この旅行は元々面識のなかった人たちの集まり。一泊ならともかく、二泊となれば気が休まらない時間も多いはずだ。

昨日はそれを感じさせなかったが、無理をしていただけだったとしたら。

しかし礼奈はかぶりを振った。

「ううん、違うよ。私、今日やりたいことがあったんだ」

「二泊目に？」

「そう」

礼奈は言いながら、部屋のカーテンを閉めた。

遮光性の低いカーテンだったが、部屋は少し薄暗くなった。紫外線を気にしたのだろうか。そう思案する俺を通り過ぎて、礼奈は部屋の鍵を閉める。

「もしかして屋内で喋《しゃべ》くりたいのか。前、あんまり喋る時間ないって言ってたし」

「うん、それもあるかも」

「外だと日焼けするしなー。でもそれが海水浴の醍醐味《だいごみ》でもあるような……まあいいか。

礼奈がこうやって呼び出すとか珍しいし」

礼奈は話を聞きながらも特に返事をせずに、目尻を下げる。

「……そうでもないか？　最近も女子大にお邪魔したしな」

なんだか自分がいつになく饒舌《じょうぜつ》なのを自覚しながら、部屋の奥に向かう。

ベッドに座るのは、何だか気が引けた。

「うん。そうだね、珍しくないかも」

礼奈はやっとそう言って、ベッドに腰掛けた。

太ももからふくらはぎにかけての曲線美が艶《なま》めかしく、白い肌がちろちろ視線を惹《ひ》いてくる。砂浜と部屋の中とでは、些《いささ》か違った印象を受ける。

俺は頭を掻《か》いて、迷った末に質問した。

「やりたいことって？」

「うん。その前に、何か飲む？　冷蔵庫に色々あるよ」

「色々？」

「お茶とか、ジュースとか。あと、お酒とか」

礼奈は視線を移す。

その先には光沢感のある黒色の冷蔵庫が構えられている。

「酒かー。昨日飲んだばっかだし、今飲むと海戻れないからなぁ」

「戻れないの？」

「一応ルールでさ。アルコール摂取したら、量に応じて休憩しないといけないんだ」

礼奈は目を瞬かせてから、ふわりと頬《ほお》を緩めた。

「それ、良いルールだね。考えた人偉い」

その返事にちょっと誇らしくなって、俺も口角を上げた。

考案者が俺であることは伝えていないので、単純に案そのものを評価されたことが嬉《うれ》しい。

礼奈は視線を冷蔵庫からテレビに移して、口を開いた。

「じゃあ……テレビとか見る？」

「テレビ？　いや、テレビは興味ないな。だって旅行中だぜ」

「そっか、悠太くん旅行好きだもんね。テレビで時間潰すのは、勿体《もったい》ないか」

「そうだな。旅行って非日常感を味わいたいもんだし」

「だよね。悠太くんも去年——」

礼奈は口を噤《つぐ》んだ。

そして結局無言のまま冷蔵庫に向かい、お茶を飲んでほうっと吐息を漏らす。

「じゃあ、あんまり時間無駄にできないよね」

「別に今は無駄じゃないぞ？　テレビは家でも観《み》れるけど、この場所で礼奈と話すのは今しかできないことだろ」

「……うん。そうだね。今しかできないこと、したいよね」

いつになく神妙な声色に、怪訝《けげん》な気持ちになる。

ここ最近、礼奈に感じていた変化。それが声に表れたような感覚。

「……やっぱ酒飲むか？　一杯くらいなら付き合うぜ」

　俺がそう提案すると、礼奈は目を丸くした。

「でも、海戻れないんじゃ」

「いいよ、どっちみちあと二、三時間しか泳げないし。今は皆《み》んな砂浜で遊ぶのがメインになってるし、合流しても楽しめると思う」

　俺は冷蔵庫の扉を開けて、迷った末にほろよいを二缶手に取った。これならアルコール度数も低いので、一缶くらいじゃ酔いはしない。

　ベッドに腰掛ける礼奈の正面に立つと、「ここが私のベッドだから」と隣に誘導してくれた。

　那月や佳代子《かよこ》のベッドなら問題だったが、礼奈本人からの申し出なら座ってしまってもいいだろう。

「さんきゅ。礼奈ってそこそこ飲めたよな？」

「うん、これくらいなら余裕かも」

「はは、頼もしい」

　言いながら、礼奈の手元に視線を落とす。

　艶のある爪は手入れが行き届いており、缶を開けさせるのは忍びない。

　俺はほろよいを開けて、一缶を礼奈に手渡した。自分のほろよいも開けると、二缶分の甘美な香りが僅かに鼻腔《びこう》をくすぐった。

「あ、ありがと」

「うん。じゃ、乾杯」

缶がコチンと当たり、控えめな合図となる。

俺はいつものように一口、二口飲もうと——

「悠太くんっ」

「ぶっ」

強制的に缶が下げられて、俺の口内には数滴しか入らなかった。

「ど、どうしたんだよ！」

礼奈からほろよいをぶん取られた俺は、咳《せ》き込みながら訊《き》いた。

礼奈はつい手が伸びたというように、自身の手に収まったほろよいに視線を落としている。

そして返事をしないまま立ち上がり、数歩移動して、ほろよいを二缶とも丸テーブルにガツンと置く。

向き直った礼奈は何度も目を瞬かせた後、申し訳なさそうに謝った。

「ご、ごめんね。でも、やっぱりお酒はだめ」

「えー、酒の口になってたのに」

「夜一緒に……飲もう？　できればだけど」

礼奈は小さく笑って、目を伏せた。

長い睫毛《まつげ》が遠慮がちに揺れるのを視認して、俺は口を結ぶ。

礼奈の纏《まと》う雰囲気がいつもと違う。

それが明確な疑念として胸の淵《ふち》から湧き上がる。

俺はベッドから床に降りて、礼奈に訊いた。

「電気つけていいか？　カーテン閉めてから、ちょっと部屋薄暗いし」

「だめ」

「え？」

電気のスイッチに向かう足を停止する。

「悠太くん。寝転んで」

「な、なんで」

「背中焼けてるから、日焼け止め塗ってあげる」

「いや……いいよ別に。男だし。つーか唐突だな」

「紫外線は若さの天敵だよ？　いいから早く」

背中に日焼け止めを塗っていなかったのを、礼奈は判《わか》ったのだろうか。

大輝《だいき》や藤堂《とうどう》に頼むのが何となく気恥ずかしくて、そのまま放置していた。

肌が丈夫なのかまだ痛みはないものの、塗りたい気持ちも確かにあった。

「背中破けちゃうよ。ビリビリって。私が破っちゃおうかな」

「こ、怖《こえ》えな！　分かったよ！」

いつになく恐怖を感じさせる言葉に、俺は仕方なくベッドへうつ伏せになった。

ベッドからはフローラルな香りがして、思わず顔を上げた。

「このベッド礼奈のだっけ」

「うん。那月のじゃないよ」

「良かった……」

ホッとして、再度うつ伏せになる。

「私の匂いは、もう知ってるでしょ」

背中越しに礼奈がベッドに乗ったのが分かった。

「悠太くん」

「なんだよ」

「リラックスして？　優しく塗るから」

……どうやら身体《からだ》が強張《こわば》っていたらしい。

二回、三回と息を吐き、緊張を解いていく。

……緊張？

疑問に思った時、パーカーがおもむろに捲《まく》られた。

蓋が開け閉めされる音、液体が漏れ出る音、掌《てのひら》が擦《こす》り合う音。

露《あら》わになった背中に、礼奈の濡《ぬ》れた掌が触れる。

背中から腰へ、再び背中へ掌が動く。

「……くすぐったい」

「うん。でも、大事なことだから」

礼奈は静かに答えた。

声が先程より近付いている。腰の横に正座している礼奈が、視界の隅から消える。

余すことなく日焼け止めが塗られていくが、もう夕方だからこの日焼け止めが機能するのは残り数時間もない。

疑念。

天秤《てんびん》が確信へと傾いていく錯覚。

いや、しかし。

まだ大丈夫なはずだ。まだ。

小さな吐息と、生地が擦れる音がした。

「仰向《あおむ》けになって」

礼奈の手が脇腹とベッドの隙間を通り、軽く押し上げられる。

導かれるまま仰向けになる。

その瞬間、礼奈は俺に跨《またが》った。

移動するのかと思ったが、礼奈は俺を跨《また》いだまま動きを止める。体重が控えめにかけられていて、俺は怪訝な視線を上に送る。

あれだけ俺に体重をかけることに羞恥心を覚えていた礼奈が、然程《さほど》気にした様子もない。まるで、これからの行為と比較すれば何でもないよというように。

「悠太くん。私にも日焼け止め、塗って」

「は、日焼け止め？　この体勢でか？」

冗談かと思い、おうむ返しする。

それに日焼け止めなんて、礼奈は午前中に済ませたはずだ。その意識が無ければ、雪のような白い肌は絶対に保てない。

艶とさらさらとした感触が同居する柔肌《やわはだ》は、俺のような男子では手に入れられない代物。

日焼け止めなんて、絶対塗っているはずだ。

しかし礼奈の瞳は真っ直《まっす》ぐだった。

「な、那月にやってもらえよ」

「今那月いないもん」

「まだ塗ってなかったのか？　嘘《うそ》だろそれ」

「嘘じゃないよ。とっておいたの」

礼奈はそう答えて、俺の太ももに優しく触れた。直《じか》に触れられる感触に、俺は唇を嚙《か》み締《し》める。先程よりも体重が掛けられていて、かなり全力でなければ押しのけられない。

加減は難しいが、一旦力ずくで離れよう。

そう思った瞬間だった。

「脱がなきゃダメだよね」

「は？　待——」

制止する間もなく、礼奈は部屋着を脱いだ。

「お、お前……」

驚いたのは、部屋着を脱いだからではない。

礼奈が水着姿ではなかったからだ。

昨日の水着はこんなにザラついた生地感じゃなかった。

金属製の留め具なんて視認できなかった。

薄暗くても、カーテンの隙間から漏れる陽光でその違いはハッキリ判る。

「な、なんで下着なんだよ！」

肘を立てて抜け出そうとすると、礼奈が素早く体勢を崩す。

接近されたことで肘はあえなく伸びて、完全に押し倒される形になった。右肘、左鎖骨に礼奈の重心が移動する。甘い香りが近くなる。

「分かるでしょ？」

囁《ささや》くような声を出し、礼奈は耳元へ吐息を漏らした。

片手が脇に移動する。抜け出そうとまた肘に力を入れたら、すぐに封じられる。

腰の横に当てられた太ももが、礼奈の体温を伝えてくる。

熱かった。

シーツに、徐々に熱が帯びていく。

「呼び出したのはね」

体調不良でもない。皆んなに馴染《なじ》めなかった訳でもない。

そんな中で、那月や佳代子と離れてホテルに留《とど》まる理由。もはや明白になった目的が言葉となって紡がれた。

「抱いてもらうためだよ」

時間が止まった。

俺は目を見開いた。

「そのために……呼んだのか？」

ずっと頭の片隅にあった危惧。

礼奈が俺との関係を変えようとしているという疑念が、確信になる。

恋の想《おも》いだけなら、いつかは無くなる。俺には礼奈の気持ちを繋《つな》ぎ止めるような魅力はない。そう思っていた。無意識に逃げていただけなのかもしれない。

礼奈の気持ちが伝わっていても、あえて明け透けに言及しなかった。

だから佳代子に忠告された時、初めて焦燥感を覚えたのだ。もし礼奈がこの関係に納得していなかった時にどう対応するべきか、俺には分からなかったから。

でも現時点ではっきりしていることがある。

「したら、戻れないぞ」

礼奈が動きをピタリと止めた。

「……なんだ。じゃあもう、私たち戻れないんじゃん」

「なんでだよ。今の俺たちは普通に──」

「そうかな？　世間から見て、普通に過ごせてたかな？」

でも俺たちが納得していたら関係ない。そう言いかけて、口を噤《つぐ》んだ。

礼奈が納得していないから、こうなっている。

俺たちは関係を再スタートさせた夜の公園で先の話をしていた。しかし、それと現状に納得するかは別問題だったのだ。

礼奈は自身の胸元に手を掛けた。

柔肌が盛り上がる谷間が露わになり、男の情欲がそそられる。

「悠太くんってさ、なんで全部オブラートに包むの？」

「どういう……」

「私、思ってたんだ。悠太くんのそれ、恥じらってる訳じゃない。ただ、思い出さないようにしてるだけでしょ？」

俺はその言葉で、動きを止める。

「どうして無かったことになってるの？　少しも思い出したりしなかった？　私を見て、ほんとに何も思わなかったの」

だって、と礼奈は言葉を続ける。

「――もう全部したじゃん」

降ってきた静かな声に、かつての情景が脳裏を過《よぎ》った。

それは、一年以上前の自宅。

初めて礼奈がうちに泊まりに来た夜。別々にシャワーを浴びて、二人でベッドに入った午前零時。

普段はしないナゾナゾやしりとりで夜の帳《とばり》はどんどん深くなり、布団の中に熱が籠り出した時――

ベッドが沈んだ。

沈んで、浮いて、また沈む。

……礼奈が体勢を変えたのだ。

今しがたの情景を無理やり追い出して、唇を噛み締める。

瞬間、礼奈が俺の口元に両手で触れた。

優しげに撫《な》でる手つきは、男の本能を引き出そうとするものだ。金縛りにあったかのように動けない。

「こっち見て」

「なん――」

「いいんだよ」

礼奈が近付く。

「私の初めて、悠太くんだよ」

礼奈が近付く。

「悠太くんの初めても私だよ」

礼奈が近付く。

「今から全部――思い出させてあげる」

時間が止まる。

――いや、戻った。

乾いた脳に急速に水分が与えられるような錯覚。

忘れようと、忘れなければいけないと思い記憶の片隅へ追いやった情景が次々にフラッシュバックする。

礼奈の肌を知っている。

濡《ぬ》れた声、くしゃりとした顔、感触、その全て。

パチンと、脳の回路が切り替わる。

濁流のように流れ込んできた記憶が視界に映り、目の前の礼奈と同化する。

過去か現在か未来か、目の前の光景が何時《いつ》のものかはどうでもいい。

近付いてくる礼奈が、揺れる。

ただこの劣情を受け止めてくれる肉体が、同じように俺を欲している。

この暴発しそうな情欲を相手自身が欲しているのだ。だから俺も——

何かの音が、耳朶《じだ》に響いた。目の前の光景に比べれば本当に些細《ささい》で、日常生活において一度も気にしなかった音。

腕時計の秒針が進む音。

——礼奈が欲しているのは、時間だ。

また一緒の時間を刻めるように、と礼奈は言った。それはまだ刻めていないということ。

復縁を望んでいるということ。

弾《はじ》けるように、ベッドを叩《たた》いた。

礼奈がビクリと身体《からだ》を震わせる。

「礼奈！」

いつの間にか、息が上がっている。

「……うん」

「理性より性欲が勝る瞬間が、男にはある。コンマ一秒を含めたら、多分男全員がそうだ。今も──」

俺は息を整えながら、言葉を羅列する。

「でもそれを、手を出す理由にはしたくない。実際に手を出すかはまた別の話だ。お前には手を出さない。出したらもう──」

大輝の言葉が脳裏に浮かぶ。

「純粋な関係じゃいられなくなる」

昼時のやり取り。そういう意味なら、俺たちは既に。あいつはそのことを伝えようとしていたのかもしれない。……いや、もう外野は関係ない。

俺自身が、礼奈に真摯に向き合うと誓ったのだ。

この場で流されることが真摯だなんて、言えるはずもない。

「……悠太くん、どこかで修行でもしてきた？」

そう呟《つぶや》いて、礼奈は俺の胸元に手を当てた。

激しい動悸《どうき》がすぐに伝わったのか、礼奈は哀《かな》しげに目を伏せる。

「……不思議。こんなにドキドキしてるのに」

曲げられない事実だ。実際、動悸はまだ正常に戻ってくれない。

「私、魅力ないかな」

「なかったらこんなにドキドキしねーよ」

俺は肘に力を入れる。

ゆっくり上体を上げていくと、やがて礼奈も退いた。しかし片手は俺の首に掛けられたままだ。

「ほんとにいいの？」

「ああ」

「私──」

……これ以上は、佳代子の危惧していた通りになる。

礼奈を想《おも》えばこそ、これ以上は。

もう、天秤《てんびん》は壊れてしまったのだ。

危ういところで留《とど》まっていた歪《いびつ》な均衡は崩れ去り、屋根の下にいるのは男と女。俺たちは、そういう関係に戻ったのだ。

「……礼奈。どこかで線引きは必要だ」

「……うん。私もこれが……最後の手だったから」

礼奈はふわりと笑って、ベッドから降りた。パーカーを羽織って、ジッパーを上げる。

「……ビーチバレー、戻って？　私も晩御飯の時に……ううん、違うか」

「……礼奈」

出口までついてきた礼奈は、扉を開けながらそっと言った。

「もう、会えないね」

憂いもなく淡々と紡ぐ声色に、俺は返答に窮する。

まるで脳内にしまっていた言葉をそのまま引き出したかのような。

「頭、冷やす」

礼奈は微笑《ほほえ》んだ。今しがたの情景が、まるで嘘《うそ》だったと言うかのように。

「バイバイ、悠太くん」

そんな一言とともに、扉が閉まる。

暫《しばら》くその場で佇《たたず》んだ。

無機質な扉が、再び二人を隔てる。

もう、俺たちは。

# 第14話　彩華の提言

旅行最後の夕餉《ゆうげ》は、サークル合同のバーベキューだった。

百人以上もの大学生が、バーベキュー施設を貸切にして何時間にもわたり宴会を開く。

近隣にホテルや住宅は建っておらず、そのため多くの人間が気兼ねなく大きな声で騒ぎ、愉《たの》しんでいる。

都会ではそうそうできないようなバーベキューの宴会に、サークル員たちの面持ちは陽気そのものだ。

宴会が始まって一時間。日もすっかり暮れた二十時付近。

宴会場から数メートル離れた石塀に、俺は一人で腰を下ろしていた。

足をブラブラさせて、ただ波を眺める。

男波女波《おなみめなみ》が寄せては返し、その繰り返しで波打ち際は水平を保っている。

……繰り返し。

「あんた、なんかあった？」

横に目をやると、彩華《あやか》が俺を見下ろしていた。

……気付かなかった。

この石塀は宴会場の出口からは半周しないと辿《たど》り着けない場所だ。テントのような仕切りで皆《み》んなの視界からは完全に遮断されている場所なので、誰かを探そうとしない限りこの場所には来れないはずだった。

……いや、そろそろ酔いの回った人たちが夜風を浴びにくる頃か。

「ねえってば」

「いや……別に。なんもねえよ」

「そう？　フラれたみたいな顔しちゃってるけど」

彩華はほろよいを一口飲んでから、二人の間に小皿を置いてくれる。

そこには肉や野菜が等間隔で刺された串が四本載っていた。

「なんにも食べてないでしょ。焼いてあげたから、食べなさい」

「……さんきゅ」

俺は串に手を掛ける。まだ熱の帯びた串に触れて、すぐ放す。正直、食べる気分にはなれなかった。

彩華はその挙動に特に言及することなく、俺の隣に腰を下ろす。

「へぇ。潮風が気持ち良いわね」

「ああ」

案外それが原因でベタつくのだが、吹かれる瞬間だけは確かに落ち着く。

漣《さざなみ》の音が、心に蓋をしてくれる。

「……真由《まゆ》が探してたわよ。今は大丈夫だろうけど、あと一時間くらいしたらきっと外に探しに来るわ」

「……そうか」

俺は目を伏せて、片膝を立てた。

特に意図のない動作だったが、彩華は「ちょっと」と制止した。

膝に軽く手を置いて、すぐに離す。

「あんたさ」

彩華は再び海を眺めてから、目を細めた。

潮風が彩華の髪をバサバサと靡《なび》かせる。彩華はそれを手で捕まえて、息を吐く。

「やっぱり、何にもない。真由には適当にはぐらかしておくわ」

彩華は腰を上げて、お尻についた砂を払い落とした。

砂がパラパラと手の甲に落ちる。

「あんたが何を思い悩んでるのかは知らないけど。今回きっと、私は力になれない気がする」

……思い悩み。

俺は眉を顰《ひそ》めた。理由はどうあれ、悟らせる訳にはいかない。

礼奈《れいな》に対して、申し訳ない。

「それとも、訊《き》きたいことが何かある？」

彩華は静かな声で、そう言った。

……訊きたいことか。

俺は少しの逡巡《しゅんじゅん》の末、口を開いた。

「一つだけ」

「ん」

「先に断っとくけど、俺別に悩んでない。海で黄昏《たそが》れたい気分なだけ」

言うと、彩華は目を瞬かせた。

そして「あっそ」と小さく笑みを溢《こぼ》して、隣に座り直した。

……こう言わなければ、彩華は察してしまうかもしれない。出来事や人物、全て伏せても見通す可能性を秘めているのが彩華だ。

だがこの二日目に礼奈と一緒にいなかったことから、二人の接点は未《いま》だ乏しいはず。

それでも万が一の可能性を考慮して、やはり訊くのは——

「そんなの分かってるわよ。イタ－イあんたに付き合う暇がないから、戻るって言ってるの。せっかくの旅行なんだもの」

「そ、そう……か」

明るい声色に拍子抜けする。彩華は「そうよ」と口角を上げて、小皿から串を一本取った。

肉に齧《かじ》り付き、串から抜き取る。モグモグと美味《おい》しそうに口を動かす彩華を見ていると、何だか安心した。

俺は同じように串を取って、最上部に刺さったピーマンを食べる。苦味が口内に広がり、俺は瞼《まぶた》を閉じた。

いつもは自ら進んで食べないピーマンも、今は何だか丁度良い。

「……お前さ、高校の時榊下《さかきした》に告られてたよな」

「久しぶりにその名前聞いたわね。まあ、そうだけど」

彩華はあっという間に平らげて、か細い串を小皿に戻す。

「……あいつのやったこと、俺今でも許してないけどさ。お前に告白した人たちの中でだったら、あいつが一番スペック高いだろ」

「うん。まあ客観的に見ればね」

「もしあいつの性格がめっちゃ良くて、陥れるなんて真似《まね》もしないでさ。その榊下がお前を好きでい続けたら、どうしてた？」

彩華は夜空を見上げて、首を傾《かし》げた。

「さあ……分からない。榊下ニューバージョンなんて、ちょっと想像できないし。その時になってみなくちゃ、何ともね」

「……まあ、そりゃそうか。他のやつでも同じだよな」

立て続けに訊いて、不自然に思われないだろうか。

俺は反省して、一息ついた。

しかし、彩華は返答に窮していただけのようで、言葉を紡ぎ出した。

「うーん。自分を好いてくれるのは嬉《うれ》しいって伝えて……そのままかな。別に自分ではどうこうしない」

そして彩華は、「あんたが何訊きたいかは知らないけど」と続けた。

「自分を優先するべきって考えは、ずっとあんたに言ってたよね。まぁご存知《ぞんじ》の通り、それはちょっとだけ改めた訳で」

彩華は苦笑いしてから、肩を竦《すく》める。

「でもひとつだけ変わらない考えはあるわ」

「考え？」

俺が言葉を零《こぼ》すと、彩華が頷《うなず》く。

「うん。自分の行動は、自分で責任を負うべきってね」

彩華はほろよいで一つ、二つと喉を鳴らして、缶を置いた。

いつの間にか潮風は止《や》んで、数メートル後方から聞こえる喧騒《けんそう》が先程よりも大きくなっている。

だが不思議と、彩華の声は少しの寄り道もせずに俺の鼓膜を揺らしてくれた。

「向こうも自分の行動に責任を持つべき。そう思ってるから、一度振った男子がまた言い寄ってきて、また私が振るとしても……うしろめたいとは思わないかな。私からあからさまに誘惑してたら別だけどね」

彩華は「まぁありえないけど」と付言して、また続けた。

「勿論《もちろん》この考えを、逃げてるって言う人もいる。実際私、一回振った相手と仲良くしてたら無責任って愚痴られたし。だから二度目の告白されないように先回りで塩対応してみても、勘違いお疲れって揶揄《やゆ》されたりして、ほんともう」

彩華は中高生時代を想起しているのか、また苦い顔をした。

「ま、要するに。結局どの価値観に合わせるかは自分次第かな。真ん中の対応っていうのも無いし」

「自分次第ね」

「そ。どんな対応しても平均値から逸脱したら、結局叩《たた》かれる。何事もそうよ。ほら、私が皆んなから妬まれてたみたいに」

「あはは」

「何よそのあからさまな愛想笑い！」

彩華は拳を握ったが、やがて大人しく降ろしてくれた。

「平均点なんて、膨大な事例の一つでしかないもん。物事においての平均点が、自分っていう人格、状況に適したものかなんて分からないじゃない」

誰にも分からない——彩華はそう言いたいのだろうか。

しかし、推測は外れた。

「自分にしか分からない。だから自分が決めるしかないこともある。私たち、もうそういう年齢だし。これは相手にも言えることよ？　あんたが色々考えるように、皆んなもそれぞれ色々考えてる。その結果の言動なんだから」

思わず膝に顔を埋《うず》めた。

……彩華の話と俺の状況は違う。

彩華は相手を二度振る状況に言及したが、どれも告白された場合について。

礼奈との関係性にそのまま当て嵌《は》まる訳ではない。

だが——彩華の価値観は彼女と長い時間を過ごしているおかげなのか、ストンと腑《ふ》に落ちる。

「そういう年齢か。確かにな」

俺は胸中を隠しながら、平たい声色で返事をする。

彩華は再度風に煽《あお》られ始めた髪を耳にかけて、俺に目をやった。

「例えばあんたが、ちょっと変わった価値観を持ってるとしてさ。どうする、常に平均付近であろう価値観に合わせて行動する？」

「……俺は──」

どうだろう。……数時間前の出来事に当て嵌めて思考する。

あれこそ、明確な平均値が存在しない。

だが倫理や世間体という観点では、妥当という点は存在する。

元恋人同士が二人きりで時間を共にする。再び男女の関係を自覚した時点で、曖昧な関係を継続するのは、是にはならない。

〝本人たちが納得していれば〟という主張ができなくなった今、俺たちの関係性を支える根拠が見つからないのだ。

……だけど。

彩華が真《ま》っ直《す》ぐ俺を見ながら、言葉を紡いだ。

「平均に合わせる方が良い時もある。同じように、合わせなくて良い時も。でも、自分が自分であるために必要なものなら、曲げなくてもいいいんじゃない」

「自分が自分であるため……」

言葉の響きは美しい。彩華の言葉は過去の出来事を踏まえたものだと判《わか》るから、説得力もある。

しかし俺の中では、まだ漠然とした感想しか抱けなかった。

原因は明白だ。俺は彩華ほど、自分を上手《うま》く分析できない。彩華ほど、自分の気持ちを把握できない。自分が何がしたいのかを上手く一人で導き出せない。

正直、彩華の考えをもっと訊きたい。彩華と話すことでこれからの行動を決めていきたい。

だが俺はなるべく頼りたくなかった。

彩華はいつまでも隣にいてくれない。

だから大人になるまでに、悩みを一人で解決できる最低限の力を──そう思って、ここ最近を過ごしてきたのだ。

歯を食いしばって、夜の海を眺め続ける。黒い渦が巻かれているような錯覚。

その時だった。

「あんたがもし、自分らしさが分からなくなった時は、私がいる」

目を見開く。

思わず横に視線を移すと、彩華が自分の膝に軽く頬杖《ほおづえ》をついて、俺を見つめていた。

「……自分で自分が分からなくなる時くらい、ちゃんと頼りなさいよ。試験勉強とは違う。

一人じゃどうにもならない時だってあるんだから」

ポケットの感触が甦《よみがえ》った。

向日葵《ひまわり》が描かれた巾着袋だ。

——数時間前に返し忘れた物。

……俺は。

「俺にもし、離れがたいやつがいたら」

「羽瀬川《はせがわ》悠太《ゆうた》は追いかける。あんたはそういうやつよ」

「……だよな」

一息に立ち上がる。

水面《みなも》は月光に照らされて、反射している。その景観を目の当たりにしながら、俺は彩華に短く告げた。

「ありがとな」

「喋《しゃべ》ってただけでしょ。ま、私はここで酔いを醒《さ》ましとくから」

彩華は手をヒラヒラ振って、ほろよいを一口飲む。

そして、静かに言葉を紡ぐ。

「いってらっしゃい」

優しげな瞳が、微《かす》かに揺れた。

# 第15話　エメラルド

海浜公園の端にある東屋《あずまや》に、一人座る。

閉塞感がありながらも周囲の景観に助けられて、居心地は悪くない。

遠くに建つ蛍光灯や月光に照らされて、東屋の中は二十一時を越える時間帯でもかろうじて全体を見渡せた。

……そうやって冷静に構造を把握できるくらいに、俺は落ち着きを取り戻している。

礼奈《れいな》をラインで呼び出してから一時間が経《た》つ。頭の中には様々な思考が巡っていたが、今は礼奈が此処《ここ》へ来てくれるかという一心しかない。

だが厳しそうだ。

「……来ないか」

仕方ないとは思っていた。

まだ無機質な扉に隔てられてから五時間ほどしか経っていない。

一度の睡眠だって挟んでいない状況下で呼び出したって、顔を合わせたくないのは当然だ。当然だと思っているが、俺は動こうとはしなかった。

バーベキューが終わるまでまだ一時間ほどある。少なくともその時間までは此処にいたい。

ポケットから巾着袋を取り出す。

中に入っていたのは、梅雨時に電話した際、久しぶりに手に取った物だ。礼奈はこの存在に気付いているのだろうか。

礼奈は「いつもこれ使ってるんだよね」と言っていた。

だとすれば、これを。

「……悠太《ゆうた》くん」

外から静謐《せいひつ》な声がした。

後ろを振り返ると、パーカー姿の礼奈が佇《たたず》んでいる。

「礼奈」

「返したいものってなに？」

「中、入れよ」

「……さっきと逆だね」

礼奈は睫毛《まつげ》を伏せる。

そして少しの逡巡《しゅんじゅん》の末、こちらに歩を進める。

「隣」

礼奈が立ったままだったので、俺は隣に促した。

「……いいの」

「疲れるだろ」

「……うん」

おもむろに礼奈が隣に腰を下ろす。

バーベキュー会場にいたはずだったのに、煙の香りが少しもしない。

「夜ご飯は？」

「途中で抜けちゃった。そんな気分になれなくて」

礼奈はそう言った後、慌てたように付け足した。

「……って言ったらいやらしいね。ごめんね、そんなつもりじゃないの」

「……分かってるよ」

俺もそうだから。

口をついて出かけた言葉を飲み込む。

「悠太くんは……ちゃんと食べた？　夜ご飯」

「いや。ピーマンしか食ってない」

答えると、礼奈はクスリと笑う。

「変なの。悠太くんらしくない」

「肉ばっか食べてそうか？」

「うん。カボチャとかは食べるだろうけど」

「バレバレだな」

「ふふ。前に一度、バーベキューしたしね」

礼奈はかつてのデートを想起したのか、目尻を下げる。

そして俺にチラリと目をやり、僅かに俯《うつむ》いた。

「……卑怯《ひきょう》だったね、私」

「え？」

「もう会えない、なんて宣言したら……悠太くんはずっと私のことを考える。それが分かってるのに」

「俺だって、色々考えながら人と喋れてない。溜《た》まってたものを吐き出す時に、配慮なんてできない」

「それでも、ごめんね。悠太くんの気持ちを、結局全部無視して……あんなこと」

「……謝る必要なんてない」

「そうだね。もう必要ないけど」

「そういう意味じゃない。確かに俺はあれから礼奈のことずっと考えてたけど、仮に最後の言葉が無くたって変わらない」

礼奈は口をキュッと結んで、数秒瞼《まぶた》を閉じる。

「……それもそうか。あんなに強引なアプローチしたんだし」

下着姿の礼奈が脳裏を掠《かす》める。

薄暗い天井の下ではっきりと瞳に映る、蠱惑的《こわくてき》な身体《からだ》。

俺は自分のこめかみをギュッと抓《つね》って思考を追い出す。

「悠太くんは線を引くって言ったけど、正論だよ」

礼奈は胸に手を当てて、パーカーをギュッと握る。

「……私も、そんなの分かってた。でも正論よりも、欲しかったの。悠太くんの恋人に戻るっていう結果が」

「……それで、あの行動か」

「うん。ただ一人の女子として見てもらいたくて」

全身に伝わる、人の重み。触れ合う柔肌《やわはだ》が伝えてくる安心感。

その感覚に溺れそうになった瞬間が、確かにあった。

あの時視界に入っていたのは今の礼奈なのに、過去の礼奈と重なった。コンマ数秒だけ、付き合った感覚に戻ったといっても過言ではない。

礼奈は俺の表情から察したのか、一度頷《うなず》く。

「でもね。悠太くんの顔見て分かっちゃった。悠太くんが私に手を出しても、私を好きになるっていう結果には繋《つな》がらないって」

「……そうだよ」

俺が短く肯定すると、礼奈は苦笑いする。

そして背中を壁に預けて、息を吐いた。

「抱かれたら、復縁できるかもしれないって思ってたんだぁ。それしか手がないとも思ってた」

礼奈は自身の身体に手を当てて、唇をキュッと噛《か》んだ。

「戦うなら短期決戦しかないって。だったら一番の攻めはこれだって。失敗した時のリスクを承知の上で、私は仕掛けたの」

「会えないって言ったのは、それが関係してるのか？」

「……そうだね。あんな行動して……止められた以上、こうなるのは必然だよ」

「やっぱり、事前に決めてたのか」

「うん。けじめっていうか、責任っていうか。だってさ、考えてみてよ。外した時、悠太くんに失礼すぎる」

「失礼？」

「悠太くんの大事な気持ちを、誘惑で靡《なび》かせられるって判断してるんだよ。成功したら大丈夫だったけど、失敗したら……そんな考え持つ人、近くにいちゃいけないよ」

……皆《み》んな思考を経て行動している。

礼奈もまた例外ではない。あの行動を取る前に、失敗した時のことも既に考えていた。

だからこそ、あの時「会えない」と言ったのだ。思い付きの発言ではなかったのは、声色から伝わってきていた。

あの時違和感を覚えたのは、礼奈が事前に用意していた言葉をそのまま吐き出したからだ。

「冷静に考えたら、それじゃ悠太くんが揺れないって分かりそうなことだったんだけどね。焦っちゃったんだ。最近悠太くんの気持ちが落ち着いてきてるのを見て」

「……いつまでも落ち着かなかったら、普通に喋ることもできない。俺ら、ゼロからやり直してたんだから」

——双方が納得していれば、元恋人以外にも新しい道が用意されていてもいいのではないか。

かつての俺はそう結論付けて礼奈と接した。友達に戻る、親友になるといった具体的なゴールは見出《みいだ》せないものの、俺たち固有の関係性を構築できればそれがベストに成るのではないかと信じて。

だが礼奈の表情から推察するに、それは絵空事だった。

俺が望んだ絵空事は、具体的に思案するとすぐに霧散してしまいそうな、朧《おぼろ》げなまやかし。

それを素直に信じられた期間も、本当は殆《ほとん》ど無い。

「浮気云々《うんぬん》を相殺して無かったことにする。あの公園で話し合った時点ではきっと、私たち同じ気持ちだったよね」

「……新しい関係になるって思ってた。今考えれば、それも俺の我儘《わがまま》だ」

「ううん、もう一度連絡取れるようになるだけで嬉《うれ》しかったもん。だから最初は、悠太くんと友達に戻るつもりもあったんだよ。普通の友達よりは、悠太くんのこと分かるし。分かってもらえるし……」

礼奈は真《ま》っ直《す》ぐ俺を見つめる。

そして額にコツンと手を当て、ペロリと舌を出した。

「でも、ごめん。すぐに折れちゃった。一緒にいればいるほど、もっと好きになっちゃって」

礼奈が久しぶりに大学へ訪れた時。

礼奈が体育館へ訪れた時。

本当はもう、あの時点で互いのズレを認識していた。

でも、信じたかった。

俺たちには、俺たちにしかない新しい道があるって。実際それはあるかもしれない。

でも——こうなったのは、間違いだったということ。

再スタートという言葉に逃げて、それまで積み上げてきたものを見ようとしなかった。

過去から何まで全部含めて、礼奈との関係だったのに。

「心に留《とど》めようと思っても、つい意識させるようなことを口に出しちゃったり。迷惑だったよね」

「迷惑な訳ないだろっ」

礼奈が口を噤《つぐ》む。

「嬉しかった。嬉しかったんだ。好いてもらって、嬉しくないはずが……」

高校時代の彩華《あやか》がフラッシュバックする。

……この言葉じゃダメだ。

今しがたの発言は、俺の主観に過ぎない。その考えが誰にでも適用されるものじゃないのは、判《わか》りきった話だ。

礼奈も同様の所感を持ったのか、遠い目をして答えた。

「ほんとにそうかな。私……あんまり嬉しくなかったことの方が多いよ。ううん、殆ど嬉しくなかった。私、悠太くんが全部初めてだったの。告白が嬉しいって感じたのも、悠太くんが……」

「確かに人から好いてもらうのが、嬉しいこととは限らない。でも礼奈から好いてもらえるのは、心底嬉しかったんだ」

「……どうしてそう言えるの？　理由、言える？」

礼奈は哀《かな》しげな笑みを浮かべながら、小首を傾《かし》げる。

囁《ささや》くような問いかけが、耳朶《じだ》に響く。

明確な理由。

――言えるに決まってる。

その場その場で取り繕う言葉ではなく、本心だからこそ、緊張感がある状況下でも口をついて紡がれる。

「礼奈は俺の性格を知ってる。俺に悪いところが沢山あるのも、礼奈が一番実感してる。俺、どうしようもないやつだぜ。最後の最後にならなきゃ、こうして直接言葉も伝えられない」

礼奈は口を小さく開けて、また結んだ。

薄紫色の瞳が波のように揺れる。

「でも礼奈は、そんな俺をいつも受け入れてくれた。好きだからなんて理由で片付けられないものも多分沢山あったと思うんだ。それが……」

俺は歯を食いしばった。

羅列していく言葉は、礼奈に届くだろうか。俺はあの時礼奈を明確に拒んだというのに、同じ口で――

伝えなければ。

自分の想《おも》いを真っ直ぐぶつけることが、真摯に向き合うと言えるかは判らない。

だがかつて二人で話し合った言葉を守る。これだけは真摯だと確信できる。

――胸中にあるものを言葉にすると、かつて礼奈は何度も口にした。

必要な言葉を交わさず拗《こじ》れた関係。俺たちが勇気を出して、あの場で話をしていたら。

だから此処《ここ》で、俺は全てを言葉にする。

あの時の俺たちに聞かせるように。

「それが、迷惑なわけないだろ。俺に言う資格がないなんて前提を全部ほっぽり出してでも、迷惑なんて一ミリも思ったことない。俺にとって礼奈に好いてもらうのはそんくらい……尊いことなんだよ。大袈裟《おおげさ》じゃなく、ほんとに嬉しいことなんだ」

礼奈の言葉が〝会わない〟だったら、俺は此処にいない。

それは俺の意思が介入する余地のない決定だと思うから。

〝会えない〟だから、此処にいる。

俺の意思によっては、覆る決定だと思うから。

「俺はこの先もお前に会いたいよ。会って、こうして喋《しゃべ》りたい」

人が顔を合わせる理由なんて、それだけで充分なはずだ。

各々の対応を考えるのは二の次。論理的な思考より、まずこの感情を優先したい。

勉強とは違う。

人間関係には、論理よりも感情。

これが俺の結論だ。

どちらの価値観に身を置いても、反対側の思考を持つ人がいる。だからこそ、自分の内から湧き出る気持ちに従いたい。

「今すぐ、先週までの関係に戻るのは礼奈のためにならないかもしれない。だから、いつかの話でいい」

「……私も会いたい。でも、会える理由がないよ」

「互いに大切な人。それだけで充分だろ」

「大切？」

礼奈は返答に窮したようにおうむ返しをした。

「そうだ。俺があの場で手出してたら、お前が大切だなんて言えなかった」

俺の言葉に、礼奈は暫《しばら》く押し黙る。

俺も、礼奈の言葉を待った。

誘導されたものではない、流されたものではない、心の奥から湧き出る素直な言葉だけがほしかった。

やがて、礼奈は俺に薄紫の瞳を向ける。

「本当に……私なんか大切なの？」

それは、彼女の腹の底から出た問いかけ。

俺はポケットから、巾着袋を取り出す。

大きな向日葵《ひまわり》が描かれた巾着に手を入れると、指先に金属性の物が掠《かす》る。

それを取り出した瞬間、礼奈は目を見開いた。

エメラルド色の装飾が施されたブレスレット。

かつて俺たちがお揃《そろ》いで購入した物だ。

「それ……」

「買った時のこと、覚えてるか」

「……当たり前じゃん」

俺は礼奈の手を取って、ブレスレットを嵌《は》める。

「……あれだけ覚悟決めたのに。揺らいじゃうよ」

感情を押し殺すような声だった。

手を放す際、ほんの刹那ではあったが、礼奈の腕が追い縋《すが》るように上に動く。

しかしすぐに動きは止まる。

お互いに大切な人。その文言に礼奈がどう感じたか、伝わってくる。

礼奈はブレスレットを撫《な》でながら、おもむろに口を開いた。

「悠太くんの次の彼女は、少なくとも私じゃないと思う」

俺は礼奈の言葉に視線を落とす。

「私が、悠太くんに向き合えてなかったんだね」

「そんなことは……」

「ううん。私、元カノっていう立場に縛られすぎてた。視野が狭くなって、だから復縁のことしか考えられなくて。目の前に起こる出来事を、きっといくつも見逃した」

礼奈は、凛《りん》とした口調で言葉を紡ぐ。

「やっぱり、もう一度素直に悠太くんと向き合える時までは連絡しない」

俺は「そうか」と頷《うなず》いた。

礼奈の表情は、これが両者にとって心底良いものになると確信していることを、雄弁に語っていたから。

「それで、いつになるか分からないけど。悠太くんと、今と、ちゃんと向き合えるくらい大人になったって実感したときに……悠太くんの隣に、誰も歩いてなかったら」

礼奈は少し俯《うつむ》いて、東屋《あずまや》に数秒の沈黙が降りる。

やがて顔を上げた礼奈は、柔らかい微笑《ほほえ》みを湛《たた》えていた。

「また一緒にいられるように、頑張ります」

礼奈は腰を上げて、パーカーのジッパーを一気に下げる。

露《あら》わになった水着姿で、礼奈は思い切り身体《からだ》を伸ばす。

「もし隣に誰かがいても、浮気はしちゃだめだからね」

「分かってるよ。肝に銘じてる」

「ふふ。良かった」

礼奈は天井を仰ぎ見て、俺に向き直る。

そして礼奈はこちらに指を差し、首を僅かに傾けた。

「絶対連絡するね！　すぐにするかは分からないけどっ」

「おう」

そして、続きの言葉が頭に浮かぶ。

言ってしまっていいだろうか。

伝えてしまっていいのだろうか。

……胸の内を言葉にするって、決めていたな。

「礼奈」

「なに？」

「──またな」

礼奈は一瞬押し黙る。

そして、一回、二回と頷いた。

「……今は足りないかもしれないけど、良い女の子になっておくから」

「これ以上かよ」

「うん。あの時流されてたら、って後悔させるんだからね」

「流されてる俺、大丈夫か。それこそ浮気心配になりそうだぞ」

「た、確かに。うーん、やっぱり長期戦しかダメだね」

俺たちの在り方は、これから恐らく少し変わる。

しかし。

「じゃ、戻ろ？　今日の晩御飯だけは、ノーカンってことで」

礼奈はふわりと笑みを溢《こぼ》した。

月明かりに照らされたエメラルド色の装飾がキラリと光る。

かつての輝きは、まったく色褪《いろあ》せていなかった。

# エピローグ

夜の砂浜に、大学生が色とりどりの火花を散らしている。

最後の夜、定番の花火。

皆《み》んなそれぞれ大小異なる花火を持って、移ろいゆく光を堪能している。

私は那月《なつき》と佳代子《かよこ》と離れて、一人で波打ち際に佇《たたず》んでいる。

那月は何かを察したのか、佳代子を連れて『Green』の輪に入ってくれた。私には、それがありがたい。

でも、不思議と心底気落ちしている訳じゃなかった。

私が一人でいるのは、ただ想《おも》い出に浸りたかったから。

きっと暫《しばら》くは、顔も見れないだろうから。

波音に紛れて、私に近付く足音がした。

小走りしているのか、思ったよりもハイペース。

振り返ると、真由《まゆ》ちゃんが飛び付いてくるところだった。

「礼奈《れいな》さん！　晩御飯の時どこ行ってたんですか？　前半探してたんですけど、いなかったですっ」

「あ……うん。ちょっとね」

私は言葉を濁すと、真由ちゃんは大きな目を瞬かせる。

可愛《かわい》らしい桜色の唇が、弧を描いた。

「花火しませんか？　持ってきましたっ」

その言葉で視線を落とすと、真由ちゃんの手には花火が数本握られている。

落ち込む気分じゃないけど、花火を愉《たの》しむ気分でもない。

真由ちゃんには悪いけど断ろうとした時、一本の花火に目を惹《ひ》かれた。

か細い印象を抱かせるそれは、線香花火だ。

「……やろっか。一本、ちょうだい」

「はい、どうぞ」

真由ちゃんは手持ち花火を掲げてくれて、私は一本抜き取る。

いきなり線香花火をするのはちょっと珍しいかもしれないけど、真由ちゃんは特に言及しなかった。

真由ちゃんは先んじて自分の花火に着火して、カラフルな線を描いて遊ぶ。

あどけない笑みを浮かべる彼女に和みながら、私もライターを手に取った。

線香花火に着火する。
最初は思っていたより火の勢いは乏しかった。
でも見守っているうちに、徐々に、徐々に火が昇る。
やがて線になった火柱が丸まり、パチパチと花を散らし出す。
儚《はかな》げな情景に、今までの想い出が脳裏に過《よぎ》った。

蕾《つぼみ》。出逢《であ》いの学園祭。
牡丹《ぼたん》。幸せだった交際期間。
松葉。別れた日。
柳。関係をやり直した夜の公園。
散り菊。――今。

萎《しぼ》んでいく火の玉が、最後に一際大きな輝きを放つ。
「あっ」という声が、口から漏れた。
ほんの刹那周囲を照らした火の玉は、やがてポトリと地面に落ちる。
火の玉が砂浜をチリチリ焦がす。
燻《くすぶ》る火を消したのは、頰《ほお》から流れた透明な雫《しずく》だった。

目頭が熱い。

頬も熱い。

……気落ちしてないって、思ってたんだけどな。

灰と化した火薬が、潮風に飛ばされて視界から消える。

近付く足音が聞こえて、慌てて顔を整えた。

「礼奈さん」

差し出されたのは、もう一本の花火。

「え？」

「最初から線香花火だったので。次は、派手に散らしましょう！」

真由ちゃんはそう言って、屈託のない笑みを浮かべる。

不思議と元気を貰《もら》える笑顔だった。

次という言葉に、勇気を貰ったのかもしれなかった。

私が花火を受け取ると、真由ちゃんはすぐに着火する。

「……礼奈さん。旅行、楽しかったですか？」

静かな問いかけに、私は想起する。

一年、二年。頭を駆け巡るのは、同じ顔。

「そうだね。……楽しかった。ほんとに……楽しかったなぁ」

私、諦めないよ。

たとえもし、また失敗しても。

──離れないって、あの人はきっと言ってくれるから。

先程よりも勢いのある光線が、夜の砂浜を彩った。

# あとがき

この度も本作を手に取っていただき、誠にありがとうございます。御宮《おみや》ゆうです。

カノうわシリーズも第六巻。ラブコメ作品の中では大分長い方になってきました。

この六巻、ついに物語が大きく動きました。

正直、悩みました。あえてどの箇所かの明言は避けますが、プロットを組む段階ではシリーズの中で最も悩んだ展開と言っても過言ではありませんでした。

しかし本当の意味で前を向くにあたって、私の中で必要な展開でもありました。

一体この先彼女がどうなるのか、それも追々書けたらなと。

そして皆様に、非常に大事なお知らせです。

このカノうわは、次巻よりクライマックスに入ります。

つまり、皆様と原作はラスト一年ほどのお付き合いになるかと。どうか最後まで楽しんでいただけますと幸いです。

このお知らせで寂しいな、と感じていただけた方へ。

コミカライズ版の第一巻が6月24日（金）に発売予定につき、こちらが続けばまだまだカノうわの世界は終わりません。作者の色眼鏡を抜いても作画が素晴らしいので、ぜひコミカライズ版もお買い上げくださいませ。漫画でしかできない描写がてんこ盛りなので、原作とは全く違った愉《たの》しみ方ができると思います！

加えて同じスニーカー文庫から、書き下ろしの新作が〝同時〟発売されています！

タイトルは『この恋は元カノの提供でお送りします。』。

こちらも大学ラブコメにつき、カノうわがお気に入りの方には刺さる内容かと思います。ぜひ手に取ってみてください。ここだけの話、カノうわシリーズの登場人物がどこかでチラッと出演するかもしれません。

ここからは謝辞になります。

担当編集K様。六巻終盤のエピソードは元々七巻で出す予定でしたが、それを今作に組み込むにあたりかなり苦労しているところ、支えていただきありがとうございました。

イラストレーターのえーる様。ついに三ヒロインの水着を見ることができました。うっかりあの世に導かれそうでしたが、七巻を執筆するためギリギリ耐えました。危ない。

そして最後に読者の皆様。いつも応援、本当にありがとうございます。ここまで物語を続けられているのも、皆様の応援があってこそ。

皆様からの応援、そして口コミ、レビューなどが無ければ、間違いなく二巻で終わっていたと思います。そんな皆様に報いるために、最後まで全力で駆け抜けます！

それでは、失礼致します。第七巻のあとがきで、またお会いしましょう。

御宮ゆう

# カノジョに浮気《うわき》されていた俺《おれ》が、小悪魔《こあくま》な後輩《こうはい》に懐《なつ》かれています6

著　御宮《おみや》ゆう

角川スニーカー文庫　23167

2022年5月1日　初版発行

発行者　青柳昌行

発　行　株式会社KADOKAWA
〒102-8177 東京都千代田区富士見2-13-3
電話　0570-002-301（ナビダイヤル）

印刷所　株式会社暁印刷
製本所　本間製本株式会社


◇◇◇




●お問い合わせ
https://www.kadokawa.co.jp/（「お問い合わせ」へお進みください）
※内容によっては、お答えできない場合があります。
※サポートは日本国内のみとさせていただきます。
※Japanese text only





Printed in Japan　ISBN 978-4-04-112300-3　C0193


**★ご意見、ご感想をお送りください★**


〒102-8177 東京都千代田区富士見 2-13-3
株式会社KADOKAWA　角川スニーカー文庫編集部気付
「御宮ゆう」先生
「えーる」先生